BIBIOTHÈQUE ARNAUD DE VRESSE
à 1 fr. le volume
Hors de France, 1 fr. 25 cent. le volume

LES PLAISIRS DU ROI

PAR

PIERRE ZACCONE

A. DE V.

PARIS
ARNAULD DE VRESSE, ÉDITEUR
55, RUE DE RIVOLI, 55

LES
PLAISIRS DU ROI

Clichy. — Impr. Maurice Loignon et Cie, rue du Bac-d'Asnières, 12.

LES

PLAISIRS DU ROI

PAR

PIERRE ZACCONE

A de V

PARIS
ARNAULD DE VRESSE, LIBRAIRE ÉDITEUR
RUE DE RIVOLI, 55

1866

LES
PLAISIRS DU ROI

I

L'ARRIVÉE A PARIS.

Le 5 juillet 1770, un jeune cavalier, monté sur un petit cheval breton, se laissait aller, au pas tranquille de sa monture, le long des quais qui bordent la Seine. Il se trouvait à la hauteur du Louvre, et venait d'obliquer un peu à droite, pour prendre la direction du pont Neuf qui n'était plus qu'à une très-faible distance.

A quelques pas derrière lui se tenait un grand

valet d'une cinquantaine d'années qui le suivait, monté, comme son maître, sur un cheval breton.

Il pouvait être cinq heures du soir ; le Louvre projetait au loin sa grande silhouette d'ombre ; de capricieuses lueurs rouges, bleues et vertes scintillaient à travers les grandes glaces des fenêtres ; le ciel était d'un bleu clair superbe, et les magnifiques hôtels situés sur la rive gauche de la Seine se détachaient sur un fond d'or éclatant.

— Ceci est le Louvre ? demanda le jeune cavalier à son valet, en désignant du doigt le vieux monument qui se trouvait à sa gauche.

— Oui, monsieur le comte, répondit le valet.

Le coup d'œil était magique.

A cette heure surtout, les bruits du jour commençaient à se taire, et ceux de la nuit ne les avaient pas encore remplacés. Le jeune comte se retourna avec ravissement vers le chemin qu'il venait de parcourir, pendant que son cheval continuait lentement sa route.

Horace de Forsanz avait alors vingt-cinq ans ; il était de taille moyenne, mais admirablement pris dans toutes ses proportions : ses yeux, bien que d'un bleu céleste et d'une douceur inexprimable, avaient pourtant des mouvements de vivacité méridionale qui jetaient sur toute sa physionomie une expression de hardiesse dont le pinceau seul pourrait donner une idée exacte : ses cheveux noirs avaient des reflets de soie, les lignes de son visage étaient d'une pureté exquise, et ses moustaches noires, légèrement retroussées aux extrémités, se dessinaient en une courbe harmonieuse au-dessus d'une double rangée de dents d'une blancheur éblouissante.

Horace était beau ; mais habitué à vivre en province, où la vie se dépense dans un cercle excessivement restreint, et au milieu d'un société calme et souvent bornée, il était arrivé au complet développement de sa force et de sa beauté, sans se douter de l'emploi qu'il en pouvait faire. Jeune, plein de désirs, de force et de volonté, il avait vécu les plus belles années de sa jeunesse auprès de sa mère et de sa sœur, donnant ses jours à la chasse et ses nuits à l'étude. Il sentait bien cependant qu'en dehors du cercle où il vivait il devait y avoir une autre existence plus active, plus animée, plus rapide ; que ses facultés éternellement avides avaient besoin d'autres satisfactions que celles qu'il trouvait au manoir maternel; que cette voix secrète et puissante, qui parlait si souvent à son cœur oppressé dans le silence des nuits ou la solitude des grands bois, était certainement l'écho des bruits de cet autre monde, de cette vie qu'il cherchait; mais il comprenait aussi que sa mère et sa sœur n'avaient plus désormais que lui pour soutien, et qu'il n'eût pas été digne de son cœur de les laisser seules pour s'en aller bien loin chercher les dangers d'une existence incertaine.

Tel était Horace, lorsqu'un événement, peu important en apparence, vint fixer ses irrésolutions.

Il existait entre la famille des Forsanz de Bretagne et celle des Méranges du Dauphiné de vieux liens d'amitié que le père d'Horace était venu resserrer, il y avait quelque vingt ans, dans un voyage qu'un procès l'avait obligé de faire à Paris. Depuis la mort du comte de Forsanz, les relations avaient continué entre les deux familles, et madame de Méranges n'avait cessé d'insister auprès de madame de Forsanz pour qu'elle consentît à se séparer pendant quelques mois, sinon de sa fille, du moins d'Horace. Madame de Forsanz avait toujours résisté aux sollicitations de sa vieille amie, lorsque enfin une dernière lettre plus pressante de madame de Méranges avait décidé le départ d'Horace. Madame de Méranges annonçait à ses amis de Bretagne que sa fille Angélique, qui comptait à peine seize ans, allait sortir du couvent, et faire son entrée dans le monde de la capitale; que, seule, il pourrait arriver qu'elle se trouvât impuissante à la protéger; qu'il y avait à Paris bien des dangers, bien des séductions à craindre pour une vieille femme et une jeune fille, et qu'elles ne seraient peut-être pas suffisamment défendues par un nom illustre : madame de Méranges finissait en suppliant madame de Forsanz de laisser partir son fils, qui leur servirait de protecteur, et à qui, en revanche, elle serait heureuse de tenir lieu de mère. C'est cette lettre qui avait décidé le départ d'Horace.

Ce n'est cependant pas sans lutte qu'il était parvenu à arracher à sa mère ce consentement que depuis si longtemps il désirait, et que jamais encore il n'avait osé solliciter. Madame de Forsanz craignait toute sorte de dangers imaginaires, que les habitants de la province voient se dresser comme par enchantement sous les pas des pauvres jeunes gens qui arrivent à Paris. Madame de Forsanz n'ignorait pas que la jeune noblesse avec laquelle son fils devait se trouver en contact était querelleuse et débauchée; qu'il était bien difficile d'y faire son chemin sans compromettre quelque peu son honneur et sa vie; qu'enfin Horace pourrait bien perdre dans le commerce de la société parisienne cette santé et cette vertu qu'il avait conservées jusqu'alors. A l'effet de parer, au moins en partie, aux dangers qui devaient accueillir son fils, madame de Forsanz imagina deux choses qui la rassurèrent un peu quand elle les eut mises à exécution. La première était de donner à son fils pour compagnon de voyage une des plus heureuses natures de valet que le dix-huitième siècle ait connues : Plantin avait vécu et vieilli dans la famille; il était déjà allé à Paris lors du voyage de feu M. de Forsanz; il était aussi ardemment dévoué au fils qu'il l'avait été au père, et certes il était plutôt fait pour remplir auprès d'Horace le rôle d'ami que celui de valet. Madame de Forsanz le fit mander près d'elle, et après lui avoir exposé le motif du départ d'Horace, elle lui dit :

— Plantin, je vous confie le fils de feu M. le comte de Forsanz ; c'est une mission délicate et dangereuse, j'espère que vous vous en rendrez digne.

Plantin, que tant d'honneur rendait confus, ne trouva que fort longtemps après ce qu'il aurait dû répondre dans une telle circonstance. Il s'inclina et sortit.

La seconde chose, celle sur laquelle madame de Forsanz comptait encore plus que sur le dévouement de Plantin, était une lettre qu'elle se hâta d'écrire à M. de Sartines, alors chargé de la police du royaume et fort bien en cour ; madame de Forsanz savait que M. de Sartines était très-dévoué à sa famille ; elle lui raconta ses inquiétudes, rappela fort adroitement les services qui avaient pu lui être rendus par feu M. le comte de Forsanz, et finit en le priant de vouloir bien accueillir et protéger son fils Horace qu'elle envoyait à Paris. Ces précautions une fois prises, madame de Forsanz et sa fille Agnès embrassèrent Horace, qui, monté sur un bon cheval élevé au manoir et suivi de Plantin, ne tarda pas à s'éloigner. Les deux femmes les accompagnèrent du regard le plus longtemps qu'elles purent, et dès qu'ils eurent disparu, elles rentrèrent au manoir, le cœur gros et chargé d'inquiétudes. Aucun incident remarquable n'était venu signaler le voyage du maître et du valet, et nous venons de les voir arriver à Paris sains et saufs tous les deux.

Plantin suivait Horace, et, comme lui, il s'était retourné pour jouir du spectacle grandiose que leur offrait en ce moment le coucher du soleil. Plantin n'était pas tout à fait insensible aux charmes des grandes choses, et il y avait d'ailleurs si longtemps qu'il avait quitté Paris, qu'il l'avait presque oublié. Le panorama des bords de la Seine était nouveau pour lui, et il cherchait mentalement à se rappeler, de nom et d'aspect, les objets dont les formes intriguaient son regard.

Horace, lui, rêvait à tout autre chose.

En effet, pendant tout le temps du voyage, il n'avait vécu qu'avec une pensée, un désir, une volonté : voir Paris ! Lenteurs, fatigues, ennuis, il avait tout supporté, tout oublié, trouvant, dans l'espoir d'une vie nouvelle pleine d'enchantements, la force de surmonter les obstacles qui le retardaient sur la route. C'est là le propre de l'énergie; pour elle, il n'y a pas d'empêchements possibles ; le but existe, il faut l'atteindre.

Mais dès qu'Horace s'était senti dans Paris, dès que le pied de son cheval s'était appuyé sur le pavé sonore de la grande ville, dès qu'il avait pu voir par lui-même son mouvement rapide, ses bruits assourdissants, une grande satisfaction était montée à son cœur et avec elle une certaine tristesse mêlée d'amertume. Pour la première fois peut-être depuis son départ, Horace venait de penser à sa mère et à sa sœur, aux douces et pures joies du foyer maternel, et à la vie calme et sainte de la province. Pour la première fois de sa vie, Horace se sentait seul, et une vague terreur, sans but comme sans cause, s'emparait, malgré lui, de son esprit. Son cœur se serra, une larme de regret ou de solitaire mélancolie brilla sous ses cils. Mille visages passaient indifférents à ses côtés, et il n'en reconnaissait aucun ; on parlait autour de lui un langage étranger auquel son oreille n'était pas faite encore, et il n'y avait pas jusqu'à ces monuments inconnus que son regard effleurait au passage, dont l'aspect sévère ne lui apportât un certain vent de tristesse.

Cependant il secoua tout à coup ces sombres préoccupations qui menaçaient de l'envahir, et ayant fait un signe à Plantin, il serra la bride de son cheval qui reprit une allure plus rapide.

Ils étaient alors à la hauteur du pont Neuf. Ils devaient prendre la droite, traverser le pont jusqu'à la statue de Henri IV, et prendre ensuite la gauche pour se diriger vers l'hôtel de la *Boule-d'Or*, situé sur le quai des Orfévres.

Or, il arriva qu'au moment où Horace se disposait à tourner à droite, un jeune gentilhomme qui ne l'avait pas aperçu, et dont il ignorait la présence à deux pas de lui, vint donner de la tête dans le poitrail de son cheval. La noble bête se cabra avec une frayeur suffisamment explicable, et, sans la moindre intention malveillante, posa un de ses pieds sur le bout de la chaussure du gentilhomme. Celui-ci se rejeta en arrière et lança un regard plein de colère à Horace.

— Mordieu! monsieur, s'écria-t-il en le fixant insolemment, vous êtes un maladroit...

— Et vous un malappris, répartit Horace en toisant son adversaire avec un suprême dédain.

— Qu'est-ce à dire?... fit ce dernier, qui venait de monter sur le bord de la chaussée.

— C'est-à-dire tout ce que vous voudrez, répondit Horace.

— Où demeurez-vous, mon gentilhomme?

— A l'hôtel de la *Boule-d'Or*.

— Et vous y serez?

— Quand vous voudrez bien venir m'y visiter.

Horace et son interlocuteur échangèrent là-dessus un salut plein de courtoisie, et se séparèrent en prenant chacun un chemin opposé. Cet incident avait à peine duré dix minutes.

— Cela commence bien, se dit Horace en se remettant en route.

— Voilà un triste début! murmura Plantin en imitant son maître.

Il n'y avait pas loin de l'endroit où cette scène s'était passée à l'excellent hôtel de la *Boule-d'Or*.

Le jeune comte de Forsanz et Plantin ne tardèrent pas à y mettre pied à terre.

L'hôtel était encombré ; il régnait de tous côtés un bruit et un mouvement extraordinaires. Plantin parvint, non sans peine, à faire comprendre au maître d'hôtel que le comte de Forsanz désirait un appartement pour lui et son valet de chambre, et finit, après bien des pourparlers, par obtenir qu'on le conduisît au troisième étage, dans une sorte de grand galetas ayant vue sur une cour, et où il eut tout le loisir de mettre en ordre le linge et les hardes de son maître.

Horace demanda à souper, et, en attendant qu'on le servît, il se dépouilla de ses habits de voyage et prit connaissance des lieux dans lesquels on venait de l'introduire.

La chambre était nue et presque sans ornements ; il y avait deux lits, quatre chaises, une table et une glace. Les deux fenêtres donnaient, ainsi que nous l'avons dit, sur une sorte de cour fort obscure, formée de trois côtés par le principal corps de logis et les ailes de l'hôtel de la *Boule-d'Or ;* le quatrième côté était formé d'un mur en pierres blanches dans lequel s'ouvrait une seule fenêtre, à peu près à la même hauteur que celles de l'appartement d'Horace. Tout en procédant à son examen, le jeune comte sentit revenir peu à peu cette vague tristesse qui l'avait pris en entrant dans Paris, pour ne le quitter qu'au moment de la singulière rencontre du pont Neuf. Plantin était occupé à retirer des valises mille petits objets de toilette que l'attention de madame de Forsanz et d'Agnès y avait placés. Horace suivait cette opération, et sa pensée l'emportait vers sa lointaine Bretagne, où il revoyait en souvenir les lieux chéris de son enfance heureuse. Il voulut combattre ces amers sentiments de regret qui le gagnaient de nouveau et menaçaient de le replonger dans ses préoccupations pénibles. Il se rapprocha de Plantin.

— Plantin, lui dit-il en s'efforçant de sourire, il paraît que nous allons passer la nuit dans la même chambre ?

Plantin releva vivement la tête et regarda les deux lits avec une sorte d'étonnement mêlé de frayeur.

— Dans la même chambre... répéta-t-il en se levant à demi.

— Mais certainement, reprit Horace, à moins que tu ne veuilles la passer à la belle étoile. Allons, ne fais pas tes grands yeux, et surtout, puisque le hasard t'oblige à dormir à côté de moi, tâche de ne pas troubler mon sommeil cette nuit.

— Comment? fit Plantin ; je ne comprends pas monsieur le comte.

— Ronfles-tu? Plantin.

— Toujours, monsieur le comte, quand je dors.

— Ah diable!..

— Oh! que monseigneur se rassure, ajouta Plantin avec un sourire où se lisait toute la bonté native de son caractère, je ferai en sorte de ne pas ronfler.

— Et que feras-tu?

— Je ne dormirai pas.

Cette réponse simple et naïve pénétra Horace et l'émut jusqu'aux larmes ; il se dirigea vers la fenêtre et s'y accouda.

Le jour commençait à tomber ; d'énormes blocs de nuages couraient dans le ciel ; un vent frais vint frapper Horace au visage.

La fenêtre pratiquée dans le mur opposé était

ouverte; Horace plongea son regard dans l'appartement et s'arrêta à l'examiner aux dernières lueurs du jour; malheureusement les objets que l'obscurité envahissait à chaque instant davantage ne présentaient plus au regard que des formes indécises et à peine esquissées, et Horace allait renoncer à pousser plus loin son investigation, lorsqu'une porte s'ouvrit avec fracas et laissa pénétrer tout à coup dans l'appartement une vive et éclatante lumière.

Presque aussitôt il vit passer une femme, dont les cheveux en désordre et la marche précipitée dénotaient un trouble violent; elle se dirigea vers un fauteuil et s'y jeta avec désespoir; peu après un homme passa également et alla s'asseoir à quelques pas de la femme.

Le premier mouvement d'Horace fut de se retirer de la fenêtre; mais la curiosité l'emporta sur sa discrétion, et il demeura. L'homme et la femme paraissaient d'ailleurs trop occupés l'un de l'autre pour porter la moindre attention de son côté. Il put donc, sans courir la chance d'être vu, suivre le petit drame qui venait se dénouer sous ses yeux.

Pour le moment, la femme pleurait, l'homme la regardait. Par ce qu'il voyait des traits de cette femme, Horace put juger qu'elle était admirablement belle. Son visage, quoique d'une régularité très-contestable, présentait néanmoins des lignes d'une pureté exquise ; ses yeux étaient d'un noir étincelant, son nez avait la courbe altière du bec de l'aigle, ses lèvres, doucement colorées par une émotion violente, semblaient murmurer des paroles pleines de colère et de mépris, son col élancé rappelait la blancheur et la fierté du cygne ; enfin, pour compléter ce portait, autour de cette figure, où se peignaient en ce moment toutes les ardeurs de la passion, ruisselaient les boucles abondantes d'une belle chevelure blonde.

Horace fut comme ébloui de tant de beauté ; il ouvrit les yeux et les oreilles.

Mais tout se taisait dans l'appartement, et l'on n'entendait que les sanglots mal étouffés de la jeune femme. Enfin l'homme, qu'apparemment ce silence embarrassait, s'approcha de la femme et parut lui adresser quelques paroles bienveillantes. Mais elle se redressa aussitôt avec toute la vigueur vengeresse d'une jeune panthère blessée.

— Vous êtes un lâche ! s'écria-t-elle, laissez-moi sortir d'ici !...

Et elle s'élança vers la porte, qu'elle secoua vainement avec force.

L'homme se leva et la suivit. Horace ne les voyait plus, mais il les entendait toujours.

— Ma chère enfant, disait l'homme, pourquoi vous épuiser ainsi en efforts impuissants. Soyez persuadée dès à présent que tout ce que vous tenterez demeurera inutile, et que le meilleur et le plus sage parti qui vous reste à prendre est d'accepter sans murmurer le sort que l'on vous destine.

Une pâleur mortelle s'était répandue sur les traits de la jeune femme. Horace la vit repasser, et chercher du regard s'il n'y avait pas dans l'appartement une issue par laquelle elle pût s'échapper.

Toute fuite lui parut dès lors impossible, et elle retomba accablée sur le siége qu'elle avait quitté un instant auparavant.

Alors un changement singulier s'opéra en elle ; elle porta ses deux mains sur son sein qui se soulevait avec précipitation, et levant sur l'homme un regard où frémissait encore un dernier reflet de colère mal contenue :

— Monsieur, lui dit-elle, me voici à votre merci ; je ne veux plus chercher à fuir ; j'userai d'un autre moyen pour faire connaître à ceux qui s'intéressent à moi votre infamie et votre lâcheté. Combien de temps dois-je rester dans cette chambre ?

— Trois ou quatre jours au plus, répondit l'homme.

— Et ensuite, où me mènerez-vous ?

— A Versailles.

— Fort bien. Et quand pourrai-je écrire à ma mère ?

— Quand vous serez à Versailles.

— Je n'en demande pas davantage : vous pouvez vous retirer.

L'homme dit encore quelques mots, qui semblèrent faire monter le rouge de la honte au front de la jeune fille, puis il vint fermer la fenêtre, après quoi, selon toute vraisemblance, il se retira.

Horace entendit la porte se fermer, puis un silence profond succéda à cette scène violente.

Cependant le souper avait été servi, et, bien

qu'ému profondément par la scène étrange dont il venait d'être le témoin involontaire, il mangea du meilleur appétit.

La route l'avait fatigué tout en lui creusant l'estomac. Après le souper, comme il n'avait plus rien à faire et que d'ailleurs il sentait ses paupières, lourdement appesanties, lutter en vain contre le sommeil, il se mit au lit, aidé de Plantin, dont le visage avait pris, depuis quelques secondes, une teinte mélancolique très-prononcée.

Plantin songeait au duel du lendemain.

Pendant un quart d'heure environ, Horace rêva à sa mère, à Agnès, à mademoiselle Angélique de Méranges, à la Bretagne et à Paris, à sa belle inconnue et à Plantin; puis, comme il était accablé de lassitude, ses yeux se fermèrent et il s'endormit.

II

COMMENCEMENT D'HOSTILITÉS.

Le lendemain, Horace se réveilla de bon matin avec le souvenir de la veille.

Le soleil éclairait joyeusement ses fenêtres. Un bruit confus de voix, de piétinements de chevaux et de roulement de voitures vint frapper son oreille, et il promena son regard autour de la chambre.

Plantin marchait sur la pointe du pied, disposant tout pour le réveil de son maître.

— Plantin ! dit tout à coup Horace en se tournant avec vivacité de son côté, quelle heure est-il?

— Neuf heures, monsieur le comte.

— Diable! il est tard... j'ai beaucoup dormi... N'est-il venu personne me demander ?

— Personne, monsieur le comte.

— C'est bien ; en ce cas, passe-moi mes habits que je me lève.

Plantin fit ce que son maître demandait. En moins d'une demi-heure, Horace fut sur pied.

— Çà, dit-il alors au valet, nous voici à Paris, mon cher Plantin, il faut d'abord que nous songions à ma toilette. Va me chercher le perruquier et le fripier.

L'un et l'autre ne tardèrent pas à arriver. Horace se fit habiller et coiffer, si bien que onze heures sonnaient à peine à Saint-Germain-l'Auxerrois, lorsqu'il se trouva équipé des pieds à la tête.

Plantin ne cessait de s'extasier sur la bonne mine et le bel air du jeune comte de Forsanz, et il prenait la sainte Vierge à témoin qu'assurément aucune femme de Paris n'avait jamais vu un seigneur aussi beau, aussi jeune et ayant aussi bonne façon.

Plantin était peut-être plus près de la vérité que son maître ne paraissait le croire.

Certes, on eût pu trouver à Versailles des yeux

aussi vifs, des lèvres aussi roses, des mains aussi blanches, des cheveux aussi noirs, mais nul n'y possédait ce pur et noble éclat de jeunesse qui resplendissait à cette heure sur le front d'Horace.

En passant devant la glace, ce dernier y jeta un coup d'œil, et l'examen rapide qu'il fit de sa personne parut donner de l'élan à sa vanité craintive. Il redressa la tête, son œil s'emplit d'un orgueil royal, et il posa la main sur la garde de son épée.

— Oh ! parfait ! s'écria Plantin qui ne l'avait pas quitté de l'œil, c'est ainsi que j'ai vu notre bien-aimé roi Louis XV, il y a de cela vingt ans !... Monsieur le comte peut être sûr de faire son chemin.

Cependant l'heure s'écoulait avec rapidité, et personne ne paraissait. Horace commençait à croire que son adversaire avait eu peur, et il ne savait s'il devait l'attendre plus longtemps ou remettre la partie à un autre jour. C'était la première affaire de ce genre dans laquelle il allait s'engager, et parfois, sans qu'il pût s'en rendre maître, une vive émotion pénétrait son cœur, comme la pointe froide et acérée d'un poignard. Non qu'il tînt à la vie ; à cet âge, la vie n'a pas de prix ; on ignore encore à quel prix on l'achète et de quelles douleurs on la paye ; son âme était plutôt impatiente qu'inquiète, et il désirait plus voir arriver son adversaire que de le voir fuir !

Toute la nuit s'était passée sans agitation et sans fièvre ; il avait profondément dormi, il avait rêvé à sa belle inconnue, au passé, à l'avenir ; aucune des préoccupations funestes de la veille n'avait évoqué autour de son lit les fantômes horribles de l'insomnie, et il s'était réveillé le matin frais et dispos, le coup d'œil vif, la main sûre. Horace était dans les meilleures dispositions pour croiser son épée contre une épée ennemie ; il eût voulu s'essayer, ne fût-ce que pour entrer dans cette nouvelle vie qui l'attendait, par un éclat dont on pût longtemps garder le souvenir. Il alla, comme la veille, s'accouder à la fenêtre.

La fenêtre opposée était encore fermée ; on avait laissé retomber les rideaux : immobilité et silence complets.

Horace revint s'asseoir au milieu de la chambre, incertain de ce qu'il devait faire, embarrassé de lui-même, mécontent de tout le monde.

Plantin suivait tous ses mouvements avec un sourire où l'on pût distinguer facilement une malice pleine de bonté.

Il était alors à peu près midi, et personne n'était encore venu; il était évident que la journée se passerait sans événement, et que, selon toute probabilité, l'adversaire d'Horace avait renoncé à une rencontre.

Cependant, en voyant que l'ennui commençait à envahir les traits tout à l'heure si purs et si souriants de son jeune maître, Plantin chercha quelle distraction pourrait lui être agréable. Son imaginative n'était pas à la hauteur de son dévouement, et il ne trouva que des paroles insignifiantes. Plantin était persuadé que, dans les situations d'esprit semblables à celles où se trouvait Horace, le bruit était beaucoup préférable au silence. Il rôda pendant quelques minutes autour de la chambre, et s'arrêtant enfin à distance du jeune de Forsanz.

—Bien vous a pris, monsieur le comte, lui dit-il, de dormir des deux oreilles cette nuit.

— Pourquoi donc cela? demanda Horace en relevant le front; est-ce qu'il y a eu du bruit dans l'hôtel?

— Oh ! non pas dans l'hôtel, répondit Plantin ; je connaissais l'hôtel de la *Boule-d'Or*, et je n'y eusse certainement pas conduit monsieur le comte, si j'avais douté un seul instant de sa réputation.

— D'où venait donc le bruit dont il s'agit ?

— De cette fenêtre, répondit Plantin en désignant l'endroit où avait eu lieu la scène de la veille.

— Ah ! Et que s'est-il passé ? se hâta de demanmander Horace, qui venait de se lever.

— D'abord, dit Plantin, au moment où monsieur le comte commençait à s'endormir, j'ai entendu secouer avec force la fenêtre que vous voyez... Cela me paraissait singulier à une pareille heure de la nuit, quoique à Paris les choses les plus singulières ne soient pas celles qui doivent le plus étonner. Je me suis placé de manière à voir sans être vu, et j'ai parfaitement saisi tout ce qui s'est passé...

— Et qu'as-tu vu ?

— Une jeune femme admirablement belle, qui venait d'arracher les tentures de la fenêtre, et s'efforçait de l'ouvrir ; mais il paraît que ce fut peine inutile, car elle se laissa bientôt tomber sur ses genoux, et pria Dieu en joignant les mains ; et bien que j'aie souvent entendu dire que les grandes dames de Paris ne prient jamais Dieu, je puis affirmer que cela est faux, car j'ai vu le contraire...

— Après!... après! interrompit Horace avec impatience.

— Après, monsieur le comte, poursuivit Plantin, quand la femme eut bien prié, et pleuré aussi sans doute, je vis arriver un homme grand et robuste, qui eut l'air de s'approcher d'elle pour la supplier de se retirer; mais l'aspect de cet homme ranima un moment la jeune femme : elle se leva aussitôt, s'attacha avec une nouvelle force à la fenêtre, et j'ai vu le moment, Dieu me pardonne! où la fenêtre allait céder; mais l'homme la prévint, la prit dans ses bras et l'emporta dans un autre appartement.

— Est-ce tout? balbutia Horace, dont le visage témoignait une grande émotion.

— Ce n'est pas tout, monsieur le comte, poursuivit Plantin. Pendant quelque temps, l'appartement resta plongé dans le plus profond silence; mais je ne tardai pas à voir reparaître le même homme que j'avais déjà vu; il fit plusieurs tours à travers la chambre, puis il vint à la fenêtre qu'il ouvrit, sans doute pour s'assurer que personne dans l'hôtel n'avait été témoin de la scène qui venait de se passer, il y resta un quart d'heure environ, après lequel un second homme vint se placer à côté de lui...

— Et que se sont-ils dit ?

— Heureusement, répondit Plantin, monsieur le comte avait laissé la fenêtre de sa chambre entr'ouverte, de sorte que les deux hommes ont pu croire qu'elle était inhabitée, et ils se sont entretenus assez haut pour que je les entendisse.

— Et qu'as-tu entendu ?

— Le premier a d'abord demandé si la chambre de monsieur le comte était habitée ; le nouveau venu a répondu qu'il ne le croyait pas. Alors ils ont parlé de Versailles, du duc d'Aiguillon, de madame Dubarry et du roi lui-même. Le second a dit que l'entreprise lui paraissait difficile ; mais le premier a répondu qu'il vaincrait la répugnance de la jeune femme, et viendrait à bout de ses refus. Là-dessus, ils sont rentrés et ont refermé la fenêtre.

Horace était intrigué au dernier point. Il ne connaissait pas cette femme, mais il l'avait trouvée belle et elle souffrait : il n'en fallait pas davantage pour qu'il mît de grand cœur son courage au service de l'inconnue. A son âge, on se faisait volontiers le cavalier servant de toute injustice ou de toute infortune. Horace se promit d'éclaircir ce mystère, et de périr plutôt que de ne pas sauver celle qui s'y trouvait fatalement mêlée.

Mais il avait auparavant un devoir à remplir. Son adversaire ne s'étant pas présenté, il ne voulut pas attendre davantage pour aller saluer les dames de Méranges et se mettre à leur disposition.

En conséquence, il ajusta avec soin ses habits, ceignit de nouveau son épée, et ayant ordonné à Plantin de prendre les devants, il sortit bientôt de l'hôtel de la *Boule-d'Or*.

Madame de Méranges demeurait au Marais, dans la rue Culture-Sainte-Catherine. Plantin y était allé cinquante fois lors du voyage qu'avait fait à Paris feu M. le comte de Forsanz le père. Mais, hélas ! depuis vingt ans, Paris avait bien changé, et Plantin aussi. Certaines rues de la capitale s'étaient transformées, certaines autres s'étaient élargies, celles-ci se trouvaient plus étroites, celles-là plus longues; Plantin ne voulait pas paraître ignorer un chemin qu'il avait déclaré connaître parfaitement ; il s'enfonça bravement dans la Cité, s'y perdit deux ou trois fois, et après bien des marches et des contre-marches qu'il exécuta tant bien que mal, en maugréant contre le sort ennemi qui semblait avoir faite xprès, pour lui jouer un mauvais tour, les rues pareilles et les quais semblables, il se retrouva, toujours patiemment suivi de son maître, sur le pont Saint-Michel, à cinquante pas de l'hôtel de la *Boule-d'Or*.

En revoyant l'enseigne connue de l'hôtel, qui se balançait en grinçant au-dessus de la porte d'entrée, Plantin rougit jusqu'aux oreilles, et regarda Horace avec une stupéfaction d'un excellent comique.

— Qu'est-ce à dire, Plantin ? s'écria Horace en reportant son regard du visage de son valet à l'enseigne de la *Boule-d'Or*, et sommes-nous donc si près de la demeure des dames de Méranges ?

Plantin hocha tristement la tête.

— Que monsieur le comte me pardonne, répondit-il d'une voix mal assurée, mais il est plus facile de s'égarer au milieu de Paris que dans nos landes de Bretagne. Cependant, si monsieur le comte consent à se remettre en route, je puis l'assurer que je le mènerai tout droit à la rue Culture-Sainte-Catherine.

— Non, mon cher Plantin, non, repartit Horace; si vous le voulez bien, ce ne sera pas pour aujourd'hui : voilà une heure que nous avons quitté la *Boule-d'Or*, et je suis fatigué. Il fait une chaleur étouffante, demain nous reprendrons notre course.

— Comme monsieur le comte voudra, fit Plantin.

Et il suivit son maître l'oreille basse, jusqu'à l'hôtel.

Horace n'était pas précisément aussi fatigué qu'il l'avait dit. Tout en suivant Plantin à travers les rues obscures de la Cité, son esprit, éveillé par le récit qui lui avait été fait de ce qui s'était passé en face de l'hôtel pendant la nuit, avait cherché un moyen prompt et décisif d'arriver à la connaissance complète des acteurs de ce drame mystérieux. Cela n'était pas facile, à coup sûr; mais Horace était jeune, il avait du courage, il n'ignorait pas qu'au besoin même il pourrait appeler à son aide les lumières et les conseils de M. de Sartines, le lieutenant de police. Et puis, d'ailleurs, Horace était né d'un sang gascon et breton à la fois : il était entreprenant et entêté; c'était la première aventure qui lui fût jamais arrivée; les noms du duc d'Aiguillon, de la duchesse Dubarry, du roi lui-même s'y trouvaient mêlés, ce ne pouvait être une aventure vulgaire; mille raisons le poussaient en avant, et aucune ne le retenait en arrière; pourquoi aurait-il hésité?...

Il monta avec une précipitation fougueuse les escaliers de l'hôtel, et à peine fut-il entré dans sa chambre qu'il courut à la fenêtre...

La fenêtre opposée était ouverte; on en avait relevé les rideaux, et à la vive clarté qui pénétrait dans la chambre il distingua, précisément en face de lui, la jeune femme de la veille assise pensive et recueillie dans un fauteuil à haut dossier.

Horace n'avait jamais aimé; il était jeune, plein d'ardeur et d'enthousiasme; il n'avait jamais fait qu'un noble usage de son cœur et de son épée; il avait vécu presque constamment loin du monde et des plaisirs de son âge, et cependant il s'étonna lui-même de n'éprouver en présence de cette femme qu'un sentiment de profonde et touchante pitié. C'est que, sans doute à ce moment, le jeune comte avait plus de dévouement pour son infortune que d'amour pour sa beauté; c'est qu'ayant grandi an manoir de ses pères, n'ayant jamais reçu sur la valeureuse et sainte terre de Bretagne que des leçons de générosité et de bravoure, il ignorait encore cet art qui consiste à vendre son bras au profit de son cœur, et à faire des deux plus nobles sentiments du cœur humain, l'amour, le dévouement, deux choses banales et facilement escomptables. Horace était brave et pur comme son épée ; il n'avait jamais hésité à se mettre au service du premier qui réclamait de lui aide et protection.

La jeune femme demeurait toujours dans son attitude mélancolique; Horace ne pouvait en détacher ses regards ni prendre un parti quelconque.

Il était pourtant décidé à agir, quoi qu'il dût en arriver. Enfin il s'arracha de la fenêtre et courut à la table, sur laquelle il trouva tout ce qu'il lui fallait pour écrire.

Il s'assit et écrivit :

« Mademoiselle... »

Mais ce mot une fois formé, Horace s'arrêta.

Était-ce encore une jeune fille, était-ce déjà une

femme? Devait-il l'appeler du nom charmant de demoiselle, ou devait-il employer l'appellation plus sévère et plus significative de madame? Il évoqua alors le souvenir de l'inconnue et parut sourire lui-même de son hésitation. Les contours de sa physionomie étaient en effet trop purs, il y avait trop de jeunesse et de fraîcheur dans l'incarnat de ses joues, et aussi trop de franchise pudique dans son regard... Le mariage n'avait assurément pas passé par là.

Il se remit à écrire.

« Mademoiselle,

« Je bénis le hasard qui m'a rendu témoin de vos larmes et m'a fait connaître la violence indigne que l'on veut vous faire subir. Je ne suis pas puissant, mais j'ai du cœur et une épée. Je bénirais doublement le sort si vous vouliez bien ne pas repousser mon dévouement, et me permettre de tenter de vous délivrer du malheur qui vous menace.

« HORACE DE FORSANZ. »

Horace eût bien voulu ne pas envoyer cette lettre,

dont il n'était pas content, mais il n'en avait pas le loisir. Il la plia avec précaution, y introduisit un objet pesant, et l'ayant assujettie à un fil d'une longueur convenable, il se rapprocha de la fenêtre et la lança avec tant de bonheur et d'adresse, qu'elle alla rouler aux pieds de la jeune femme.

Les rideaux tombèrent presque aussitôt, et il ne put qu'entendre un cri de surprise.

Quelques minutes se passèrent alors pour Horace dans l'incertitude la plus cruelle. Il avait laissé le fil pendre à la fenêtre, afin qu'on ne pût pas ignorer d'où venait le secours, et s'était prudemment retiré à l'écart pour laisser à la belle affligée tout le temps nécessaire pour répondre. Quand il jugea qu'un temps suffisant s'était écoulé, il retourna à le fenêtre et remarqua, avec autant de surprise que de joie, que les rideaux avaient été relevés.

Il s'empressa de tirer le fil, bien certain qu'au bout était la réponse désirée.

Son cœur battit avec précipitation, sa main tremblait. Il se fût agi d'une lettre d'amour, qu'il n'eût pas éprouvé à ce moment une émotion plus violente.

En un instant la lettre fut entre ses mains.

Un nuage passa alors sur ses yeux, tout son sang reflua vers son cœur, et ses doigts froissèrent le papier avec une anxiété haletante. Enfin il l'ouvrit et lut :

« Monsieur,

« Défiez-vous de votre courage et de votre dévouement, l'un et l'autre pourraient vous jeter dans une entreprise dont vous ne sortiriez pas sain et sauf. La jeune femme que vous voulez secourir n'a que faire de votre aide, et je ne dois pas vous laisser ignorer qu'à la moindre tentative de votre part, je n'hésiterais pas à vous passer mon épée au travers du corps. »

La lettre n'était pas signée.

Horace sentit à cette lecture le rouge de l'indignation et de la colère lui monter au visage. C'était un défi sanglant qn'on lui jetait; il jura de se venger et de ne pas laisser impuni un semblable outrage.

Du reste, il n'y avait plus à hésiter : il fallait ou tout tenter ou tout abandonner. Il appela Plantin Celui-ci accourut.

— Plantin, lui dit-il d'une voix brève et rapide, tu m'es dévoué, n'est-il pas vrai?

— Qui peut faire douter monsieur le comte? répondit Plantin.

— Non, Plantin, non, je ne doute pas de ton dévouement, mais, dans ce moment, j'ai besoin de tout ton courage et de tout ton sang-froid.

— Que faut-il faire?

— D'abord demander à l'hôtelier deux planches d'une longueur suffisante pour que, placées sur notre fenêtre, elles puissent atteindre à celle de vis-à-vis.

— Monsieur le comte voudrait-il...? objecta timidement Plantin.

— Je veux ce que je veux, répondit le jeune comte avec impétuosité, obéis et sans objection.

Quand Plantin eut apporté les deux planches demandées et qu'elles furent assujetties tant bien que mal sur le bord de chacune des deux fenêtres, Horace tira son épée du fourreau et dit à son valet qui le regardait avec une triste stupéfaction :

— Maintenant, arme-toi de mes pistolets.

Plantin alla prendre les pistolets.

— Sont-ils chargés? demanda encore Horace

Plantin les examina et dit :

— Ils sont chargés.

— Cela étant, s'écria Horace, arme-les et suis-moi!

Et plaçant son épée entre ses dents, il posa un pied sur la fenêtre et se disposa à monter.

Mais au même instant, quelques coups frappés à la porte détournèrent son attention.

— On frappe! dit Plantin à voix basse.

— En es-tu sûr? fit Horace.

Les coups redoublèrent.

Horace descendit et Plantin alla ouvrir.

— Monsieur Horace de Forsanz? demanda une voix inconnne.

— C'est moi, dit Horace en s'avançant.

L'inconnu s'inclina et entra.

Horace le reconnut aussitôt.

C'était l'homme qu'il avait aperçu la veille auprès de la jeune femme.

III

BLANC. — VERT. — ROUGE.

Cet homme avait une figure ignoble. Il portait le front déprimé, les cheveux ras ; ses yeux brillaient à fleur de tête. L'ensemble de cette physionomie était quelque chose de repoussant.

Il avait la tête ronde, son cou disparaissait dans ses épaules, et il ne fallait rien moins que ses jambes solides et robustes pour porter son ventre aux proportions fabuleuses. Une verrue monstrueuse était plantée sur la narine gauche de son nez énorme.

Cette verrue avait une existence personnelle singulière :

Quand l'homme dont elle ornait le visage se sentait tourmenté d'une colère sourde, mais implacable, elle prenait une teinte vert-pomme très-prononcée ; quand il était en gaieté, elle devenait écarlate ; quand il avait peur, elle pâlissait. C'était une sorte de thermomètre qui donnait, à ceux qui le connaissaient, la mesure exacte de ce qui se passait au dedans de cet homme.

Dire ce qu'il était n'est pas facile ; nous aimons mieux le laisser deviner à nos lecteurs.

Il avait successivement rempli plusieurs emplois peu honorables, et s'était enfin fixé à celui qu'il exerçait dans le moment. Ceux qui connaissaient son nom sans connaître l'homme le craignaient et évitaient toute relation avec lui ; ceux qui ne connaissaient pas son nom, mais qui connaissaient l'homme, prenaient un soin extrême de ne pas l'offenser, et mettaient dans leurs relations avec lui toute la déférence, tout le respect qui paraissaient être dus aux fonctions dont il était revêtu.

Il s'appelait Marchant.

Horace qui connaissait l'homme sans connaître son nom, et qui n'avait aucune raison de le craindre, s'inclina dès qu'il le vit entrer et lui offrit un siége.

M. Marchant remercia d'un signe de tête et s'assit.

— Puis-je savoir, dit alors Horace d'un ton froid et digne, ce qui me vaut l'honneur de votre visite ?

— L'intérêt que je vous porte, monsieur le comte, répondit M. Marchant en s'inclinant de nouveau.

— Quel intérêt ? demanda Horace étonné.

— Il est bien simple, repartit M. Marchant, que je m'intéresse à ceux qui prennent tant de part aux malheurs de ma nièce.

— Votre nièce ? fit Horace.

— Ma nièce, répéta M. Marchant... Mademoiselle Agnès de Surville.

Le jeune comte de Forsanz réfléchit un moment, puis fixant sur l'inconnu un regard vif et perçant :

— Que mademoiselle de Surville soit votre nièce, monsieur, lui dit-il, ce dont je doute, je vous l'avoue franchement, cette raison ne justifie en aucune façon la violence dont vous usez envers elle, et, quoi qu'il doive en arriver, je vous jure, monsieur, qu'elle peut compter sur le secours de mon épée.

— C'est précisément pour vous désabuser à ce sujet que j'ai pris la peine de venir vous trouver, répondit M. Marchant; vous êtes jeune, monsieur, l'idée d'un généreux dévouement vous a séduit, et vous n'avez pas, sans doute, mûrement réfléchi aux dangers auxquels vous alliez vous exposer.

— Quels que soient ces dangers, je les braverai ! fit Horace.

— J'espère encore assez de votre bon sens pour croire que vous ne vous jetterez pas dans cette folle entreprise !

— Eh bien, voyez donc ! s'écria Horace, à qui ces paroles parurent une sorte de défi.

Et d'un mouvement spontané il entraîna M. Marchant vers la fenêtre et lui montra les deux planches qu'il y avait jetées à la hâte. Puis, comme il vit l'étonnement se trahir en signes non équivoques sur le visage de son interlocuteur :

— Au moment où vous êtes entré, ajouta-t-il, j'avais mon épée entre les dents, mon valet s'était armé de mes pistolets, et tous les deux nous allions tenter une descente dans votre demeure.

M. Marchant, surpris de tant d'audace et d'impétuosité, promena silencieusement son regard d'Horace à Plantin, et de Plantin à Horace; mais quand cet étonnement passager se fut apaisé, il reprit son calme habituel, et un sourire béat vint agiter ses lèvres.

— Puisqu'il en est ainsi, reprit-il après une pause, je me félicite doublement, monsieur le comte, d'être arrivé assez à temps pour vous empêcher d'accomplir une folie qui vous eût coûté cher.

— Que voulez-vous dire? fit Horace, que l'impassibilité de M. Marchant confondait.

— Cela veut dire, poursuivit ce dernier, qu'à l'heure qu'il est, vous seriez vraisemblablement à la Bastille!

— A la Bastille! dit Horace.

— A la Bastille! répéta machinalement Plantin.

— Lisez plutôt... dit M. Marchant.

Et en parlant ainsi, il tendit à Horace un parchemin que celui-ci saisit avec vivacité.

— Une lettre de cachet! murmura-t-il, dès qu'il en eut parcouru les premières lignes.

— Oui vraiment, répondit M. Marchant, une lettre de cachet; vous pouvez remarquer que le nom de la personne à écrouer est en blanc, ce qui laisse toute facilité au possesseur de ladite lettre. Vous le voyez, monsieur le comte, il a tenu à bien peu de chose que vous ne fussiez privé d'ici longtemps de voir et connaître Paris ; mais, ajouta-t-il en reprenant des mains d'Horace le parchemin, que celui-ci ne songeait même pas à retenir, ce qui est différé n'est pas perdu, et au train dont vous y allez, je crois qu'il ne se passera pas de longues heures avant que cette lettre ne trouve son emploi!.....

Cependant Horace ne disait mot, il n'écoutait plus, il songeait!

Ce nom terrible, *la Bastille*, était tombé tout à coup au milieu de ses élans d'enthousiasme, de générosité et de dévouement, et l'avait arrêté dans ses plus solides résolutions. Il se rappelait confusément ce mot sanglant pour l'avoir entendu prononcer naguère par son père et par Plantin avec une terreur glaciale ; c'était pour son esprit comme une tombe immense où l'on enfouissait vivantes les innocentes victimes d'un despotisme révoltant. Tout enfant, il avait vu ce grand et sombre symbole se dresser dans ses rêves, avec ses cachots humides et infects, ses instruments de torture, ses geôliers ; il avait entrevu, dans la clarté douteuse de ses corridors sombres, les silhouettes pâles et décharnées de ses éternels prisonniers ; il avait entendu le bruit sinistre des réchauds, le grincement des fers sur les dalles, les déchirants sanglots des victimes, et, pâle, suant, effaré, il s'était bien souvent réveillé en croyant sentir sur son épaule frissonnante la main sanglante et froide du bourreau.

Pendant bien longtemps, Horace n'avait pu secouer la préoccupation fatale que lui jetait ce souvenir, et il traînait partout avec lui, jusque dans la réalité, quelques vestiges terrifiants de ses nuits !

Comment aurait-il pu vaincre d'ailleurs ce fantôme d'épouvante auquel l'éloignement avait si longtemps prêté à ses yeux des formes gigantesques ? Il savait que la Bastille était incessamment ouverte pour recevoir les malheureux qu'une fantaisie royale ou le caprice d'un courtisan y envoyait mourir ; il savait que les portes qui s'ouvraient pour ces infortunés se refermaient aussitôt sur eux comme la pierre des tombeaux ; il savait que la plus légère faute suffisait et tenait lieu de crime; que bien des hommes qui, comme lui, Horace, n'avaient jamais forfait à leur honneur ni à leur roi, y étaient descendus pour n'en plus remonter... Il y avait là de quoi épouvanter de plus solides courages, des dévouements plus éprouvés. Pourtant il ne put se résoudre à s'avouer ainsi vaincu sans chercher une dernière fois à sauver cette femme qu'il n'aimait pas, mais vers laquelle il était emporté par une sympathique pitié.

— Monsieur, dit-il, à Marchant d'une voix ferme où ne se décélait aucune crainte, je vois que vous êtes puissant, et je suis presque tenté de vous remercier de m'en avoir prévenu. Mais les choses n'en subsistent pas moins que par le passé, et les moyens que vous êtes décidé à employer me confirment dans l'opinion que vos projets ne sont nullement louables, et que mademoiselle de Surville est, entre vos mains, une victime que vous voulez sacrifier à votre intérêt personnel. Tout homme d'honneur doit s'opposer à de tels projets, et vos menaces ne feront rien changer à mes résolutions.

— C'est fâcheux! c'est fâcheux! murmura

M. Marchant, je serais désolé d'en venir avec vous aux moyens qui peuvent compromettre votre existence.

—Mon parti est pris, répondit vivement Horace, et je saurai vous prévenir.

— Que comptez-vous faire?...

Au lieu de répondre, Horace désigna la porte à Plantin d'un geste impérieux.

— Là, Plantin, lui dit-il d'une voix vibrante, arme les pistolets et ajuste droit...

Puis se tournant en même temps vers Marchant, dont la position devenait embarrassante.

— Monsieur, lui dit-il en tirant son épée du fourreau, vous êtes ici en mon pouvoir, songez-y bien ; ici, j'ordonne et je suis obéi... Exécutez-vous donc de bonne grâce !

La verrue de Marchant avait pris une teinte mélancolique :

— Qu'espérez-vous obtenir? demanda-t-il avec quelque inquiétude.

— La liberté de mademoiselle de Surville, répondit Horace.

Quelque chose d'anormal se passait en ce moment

au dedans de Marchant. Au lieu de soutenir bravement la couleur qu'elle avait prise, sa verrue tourna d'abord au vert-pomme, et, par un caprice singulier, elle se fixa définitivement, et s'en tint au rouge foncé.

Sans faire plus de cas de la menace résolue qu'Horace lui avait jetée, ni des deux pistolets que Plantin pointait courageusement sur lui, il s'assit tranquillement sur sa chaise, et les regardant tous les deux alternativement avec un calme et une impassibilité parfaite :

— Monsieur le comte, dit-il enfin, voulez-vous m'accompagner ce soir chez la Dubois ?

Le ton flegmatique dont ces paroles furent prononcées contrastait grotesquement avec le mouvement tant soit peu dramatique et théâtral dont Horace s'était servi pour formuler ses menaces. Ce dernier comprit que ses menaces n'avaient pas porté et il en conçut un cruel dépit, néanmoins il ne voulut en rien faire paraître.

— Plaisantez-vous, monsieur ? demanda-t-il à son interlocuteur, et pensez-vous pouvoir vous railler impunément de la parole et de la foi d'un gentilhomme ?

— Je ne raille nullement, repartit Marchant; je demande simplement à monsieur le comte s'il veut me faire l'honneur de m'accompagner ce soir chez la Dubois...

Puis, comme Horace ne trouvait rien à répondre et demeurait muet, il ajouta :

— La Dubois, monsieur le comte, est une femme galante comme on en voit beaucoup à Paris ; elle tient un des cercles les plus fréquentés de la capitale ; vous y rencontrerez beaucoup de savants, de poëtes, de grands seigneurs, de femmes à la mode ; on y danse, on y chante, on y cause, on y joue et on y soupe !.. Vous apprendrez là, mieux que partout ailleurs, comme l'on vit à Paris et de quelle façon l'on s'y comporte. C'est une excellente école pour les jeunes gens qui arrivent, et j'aurais un fils que je ne le conduirais pas autre part.

M. Marchant attendit une réponse ; mais Horace ne savait encore que penser de ce qu'il entendait, ni s'il devait accepter l'offre de cet homme qu'il ne connaissait jusqu'à présent que sous des rapports fort peu honorables. Le nom de la Dubois était venu jusqu'au fond de sa province, et en l'entendant prononcer ainsi tout à coup, il avait été singulièrement surpris. Il savait que la Dubois avait naguère le sceptre de la galanterie, qu'elle attirait encore autour d'elle tout ce que Paris possédait alors de femmes jolies et de seigneurs à la mode, que l'on trouvait dans ses salons la réunion la plus attrayante de femmes aux mœurs faciles et élégantes: Marchant lui offrait là une occasion qui ne se représenterait peut-être jamais. Il était très-difficile d'aller chez la Dubois : c'était un titre que d'être reçu chez elle, et plus d'un jeune gentilhomme avait dû attendre de longues années avant que d'y être admis. D'ailleurs, pourquoi se serait-il attiré la haine de cet homme, que tout devait lui faire considérer comme puissant? Mademoiselle de Surville lui était inconnue, il ne l'avait vue qu'une fois; selon toute probabilité il ne la reverrait plus. Après tout, accepter l'invitation de Marchant, c'était encore servir mademoiselle de Surville. Par ce moyen, en effet, il pouvait parvenir à connaître les antécédents de Marchant, et aussi ce qu'il devait craindre ou espérer en essayant de mettre obstacle à ses projets. Il comptait, une fois chez la Dubois, découvrir quelque trace du complot dont mademoiselle de Surville paraissait devoir être la victime.

— J'espère bien, dit Marchant en voyant Horace pensif et irrésolu, que vous avez chassé loin de vous ces folles idées qui vous ont tout à l'heure un instant troublé la raison, et que vous ne pensez plus à mademoiselle de Surville? Il serait vraiment regrettable que vous y missiez tant d'obstination; car je vous l'ai dit, et croyez-moi, quand je vous le répète, la moindre tentative de votre part serait punie de la Bastille!

Ces paroles, prononcées d'un ton solennel et grave, achevèrent de décider Horace.

— Qu'il en soit donc comme vous le voulez, dit-il en étouffant un soupir et en remettant son épée au fourreau, j'accepte l'offre que vous m'avez faite, et je vous attendrai ce soir.

— A la bonne heure! s'écria M. Marchant, je savais bien que vous redeviendriez raisonnable; ce soir, je viendrai vous prendre.

— A quelle heure? demanda Horace.

— A neuf heures, répondit Marchant.

Comme il s'apprêtait à sortir, un valet à riche livrée entra et demanda M. Horace de Forsanz.

Plantin indiqua ce dernier.

— De la part de M. Roger de Villepreux, dit le valet en présentant une lettre.

Au nom de Roger de Villepreux, Marchant s'était arrêté subitement et était revenu sur ses pas.

— Vous connaissez M. de Villepreux? demanda-t-il à Horace en fixant sur lui ses regards inquiets.

— Mon Dieu ! nullement, répondit Horace; c'est un jeune homme que j'ai rencontré en arrivant à Paris sur le pont Neuf, et avec laquelle j'ai eu la maladresse de me prendre de querelle.

Marchant parut satisfait de l'explication et disparut.

Horace se tourna alors vers le valet de Roger :

— Dites à votre maître, mon ami, que je regrette vivement que des circonstances imprévues qu'il ne m'explique pas m'aient privé du plaisir de faire sa connaissance, mais que je me tiendrai toujours à sa disposition.

Le valet salua et sortit.

IV

UNE SOIRÉE CHEZ LA DUBOIS.

La Dubois demeurait alors dans la rue Neuve-des-Petits-Champs.

Elle y avait un appartement splendide où venaient successivement la visiter les personnages les plus éminents de la noblesse, de la robe et de la finance. La Dubois n'était plus jeune, mais elle s'était fait autrefois bon nombre d'amis qui avaient vieilli près d'elle et n'avaient pas perdu le souvenir des faveurs qu'elle leur avait accordées dans des temps meilleurs. Elle possédait au suprême degré l'esprit de l'époque; elle avait également beaucoup d'esprit et beaucoup de tolérance, et savait pardonner aux femmes qui portaient alors le sceptre éphémère de la galanterie les faiblesses qu'on eût pu trouver à lui reprocher dans l'histoire de son passé.

C'était une femme comme il y en avait beaucoup à cette époque. Sans remords pour leurs propres fautes, elles semblaient avoir été créées et mises au monde exprès pour faire l'éducation galante des jeunes filles et jeter quelques consolations sur les regrets amers des vieilles femmes. Aussi la Dubois était-elle fort aimée. Sans parler des hommes qui trouvaient toujours chez elle une société assez bien choisie et un cercle éblouissant de femmes jeunes et parées, les femmes étaient sûres d'y rencontrer toute la bienveillance qui pouvait assurer leurs premiers pas dans cette route glissante, hélas! et si fréquentée. Bien des intrigues s'y nouaient et s'y dénouaient; on y cotait la vertu, on y marchandait l'honneur, et tout cela au milieu des plus étourdissantes folies, des plus entraînantes ivresses, — c'était la vie alors : un bon mot, un baiser! La société du dix-huitième siècle se voyait mourir ; il semble qu'elle ait eu la prescience de sa fin prochaine, et qu'elle ait voulu, par ses joyeuses saturnales, étouffer le bruit des pas de la Mort qui approchait !

Lorsque M. Marchant entra dans les appartements de la Dubois, suivi à peu de distance par le jeune comte Horace de Forsanz, il y avait déjà foule, et les conversations et les parties étaient déjà fort animées.

Horace fut frappé en entrant de cette atmosphère chaude et lourde, et presque ébloui de la profusion des lumières et de l'éclat des parures. C'était un bruit confus de rires moqueurs et invitants, de chuchotements mystérieux échangés dans la pénombre des boudoirs retirés, de pièces d'or roulant sur les tapis; des femmes radieuses, folles, presque échevelées, les épaules nues, passaient devant les yeux, et laissaient bien longtemps après, derrière elles, ces âpres et enivrantes émanations qui échauffent le cœur et troublent la raison de l'homme. C'était la première fois qu'un semblable spectacle frappait le regard d'Horace, c'était la première fois qu'une semblable sensation s'emparait de son âme, et il en fut étourdi.

Cependant, si, à travers les premiers éblouissements du bal, il avait pu observer la contenance de son compagnon et la figure qu'il faisait au milieu de toute cette foule titrée, il eût conçu vraisemblablement de son importance une bonne et salutaire opinion.

Plusieurs grands seigneurs n'avaient pas dédaigné de lui toucher la main, d'autres l'avaient salué avec une bienveillante déférence ; ceux-ci, plus familiers, étaient venus lui parler à voix basse ; ceux-là, plus craintifs ou plus honorables peut-être, s'étaient prudemment tenus à l'écart et l'avaient évité. Les femmes surtout s'étaient précipitées à l'envi sur son passage ; mais Marchant avait passé, calme et froid, au milieu de leurs caresses et de leurs adulations. Quelques-unes pourtant furent assez heureuses pour attirer ses regards ; il leur dit quelques paroles flatteuses au passage, et on les vit aussitôt reprendre leur place, le front radieux et les lèvres souriantes.

Après qu'Horace eut été présenté à la Dubois, il abandonna son introducteur et courut se mêler et se perdre dans la foule agitée des promeneurs. Un feu brûlant circulait dans ses veines, il avait besoin de respirer à pleines poitrine cette asmosphère qui l'embrasait; il voulait voir, sentir, toucher ces robes dont le frôlement seul le faisait frissonner. M. Marchant s'était assis auprès de la Dubois, et tout en promenant son regard distrait à travers les salons encombrés, il avait commencé avec la courtisane une conversation à voix basse :

— Et où en sont vos projets? lui demanda la Dubois d'un ton moitié souriant, moitié inquiet.

— Hum! répondit Marchant, la petite fait la difficile; nous aurons de la peine, je crois, à vaincre sa répugnance.

— Tant d'autres à sa place seraient heureuses et flattées, objecta la Dubois en étouffant un soupir que lui arrachait sans doute le souvenir et le regret d'un passé perdu à tout jamais. — Et quand comptez-vous l'emmener à Versailles? ajouta-t-elle en reprenant aussitôt sa sérénité.

— Je ne sais encore, dit Marchant, il faut auparavant que cette affaire soit en partie étouffée.

— La mère a donc fait des démarches?

— La mère se désole, elle pleure et oublie d'agir : c'est ce qu'il nous faut.

— Mais n'a-t-elle aucun parent?

— Aucun, du moins à Paris.

— Aucun ami?

— Elle attend un jeune gentilhomme, sur l'aide duquel elle compte, m'a-t-on dit, beaucoup.

— Et quel est ce gentilhomme?

— Le comte Horace de Forsanz.

— Le jeune homme que vous m'avez présenté ce soir?

— Précisément.

— Ah! je comprends, vous lui procurez de la distraction.

— Il m'a déjà donné bien du mal, répondit Marchant en souriant, mais j'en viendrai à bout.

Il y eut alors un moment de silence; la Dubois réfléchissait, Marchant regardait.

— Et l'autre? reprit bientôt la vieille courtisane.

— Quel autre? fit Marchant.

— L'amant d'Angélique.

— Ah! ah!

— Roger de Villepreux.

— Oui! oui!

— Qu'en faites-vous?

— Oh ! c'est une histoire... Figurez-vous que les deux gentilshommes, le comte Horace de Forsanz et le comte Roger de Villepreux, qui, s'ils avaient été adroits comme il convient de l'être, auraient dû s'entendre et s'unir pour la défense de la jeune fille, se sont réciproquement insultés avant-hier sur le pont Neuf, et ont failli se couper la gorge.

— Vraiment ?

— C'est comme je vous le dis...

— Oh ! la bonne comédie !

— S'ils se rencontrent, notre affaire est bonne, et vous savez, ma chère Dubois, que vous êtes toujours de moitié dans les bénéfices.

Il y eut encore un silence, qu'interrompit tout à coup une exclamation presque effrayée de la Dubois.

— A propos, dit-elle à Marchant, elle est ici !...

— De qui voulez-vous parler ? demanda Marchant.

— De la comtesse...

— Vous raillez, sans doute ?

— Je ne raille nullement.

— Qu'est-elle venue faire ?

— J'ignore.

— Saurait-elle quelque chose? murmura Marchant en devenant pensif.

— Cela se pourrait bien... elle sait tout...

— Et où est-elle?

— Dans le boudoir de gauche.

— J'y vais.

— Pas d'imprudence surtout! objecta la Dubois en le retenant.

— Soyez tranquille, répondit Marchant... je ne suis pas né d'aujourd'hui, et il y a longtemps que je la connais.

En disant ces mots il se mêla à la foule, fit quelques tours insignifiants à travers les grands appartements, et disparut.

Horace s'était laissé emporter par les flots d'hommes et de femmes qui se balançaient, pleins de murmures et de parfums, au milieu des salons encombrés. Il allait et venait sourdement agité, suspendant son regard au regard ardemment voluptueux des femmes, cherchant à comprimer les élans de cette joie immense qui emplissait sa poitrine et noyait son cœur, luttant en vain contre ces désirs de possession qui, pour la première fois, brûlaient ses chairs avec une violence âpre et désordonnée. Mais tout ce qu'il faisait pour étouffer ces ardeurs insensées ne servait qu'à les alimenter, et il ne retombait, haletant, épuisé, dans les langueurs provoquantes que pour se relever bientôt et recommencer la lutte avec une nouvelle fureur.

Toutes ces femmes étaient rieuses, folles, parées, belles surtout, belles de plaisir, d'amour et de volupté; elles avaient des regards brûlants, des lèvres humides; leur chevelure ruisselait abondamment sur leurs épaules nues; on lisait dans leurs yeux ou sur leur front la gaieté d'un souvenir sans remords ou l'insouciance d'un présent sans lendemain. Jamais la veille n'avait flétri leur peau si blanche, si ce n'est la veille du plaisir; et ces prêtresses de la volupté ne demandaient pas même aux joies excitantes auxquelles elles se livraient l'oubli passager d'un avenir incertain.

Horace suivait avec ardeur les mouvements qui l'attiraient et le repoussaient alternativement; un sourire l'enivrait, un regard l'illuminait; sa physionomie prenait successivement des reflets tristes ou radieux, selon que ces femmes lui jetaient en passant, dans leurs longues œillades voilées ou caressantes, des refus ou des promesses. Il sentait une lassitude s'emparer insensiblement de tous ses organes, et essayait en vain de lutter contre cette fatigue voluptueuse qui l'envahissait de toutes parts. Enfin, épuisé de tant de surexcitations nerveuses, il s'arracha violemment des appartements où se trouvait la foule, et courut se réfugier dans les boudoirs retirés. Une fois là, la fièvre qui le dévorait s'apaisa peu à peu, et une sorte d'émotion langoureuse lui succéda; il se jeta sur un sopha et n'entendit plus bientôt que les notes fugitives et lointaines du concert qu'il avait fui et qui venaient, considérablement affaiblies par la distance, le faire encore tressaillir au milieu du silence mystérieux dont il était entouré. Il laissa tomber sa tête dans les mains et rêva...

Quand il sortit de sa longue rêverie, il fut tout étonné de se trouver au milieu de ce boudoir, où il se rappelait à peine être venu chercher le calme et le silence. Il jeta autour de lui un regard étonné, et s'il n'eût entendu en ce moment les bruits lointains du bal, il eût cru avoir rêvé véritablement.

Cependant les bruits avaient perdu de leur éclat; Horace jugea qu'il devait être tard, et songea à se retirer ; mais comme il allait se lever, un objet qu'il n'avait pu encore distinguer aux clartés des lampes vint tout à coup fixer son attention. Il regarda... c'était une femme!.. Cette femme était simplement vêtue, mais sous la simplicité de sa mise, il était impossible de ne pas remarquer un air particulier de noblesse et de distinction. Comme Horace, sans doute, elle était venue chercher dans cette partie retirée des appartements un peu de solitude et de recueillement, et, comme lui, elle s'était oubliée loin du bal dans l'enchantement d'une longue rêverie.

Un de ses bras, appuyé sur une petite table, soutenait nonchalamment sa tête aux lignes pures et correctes; son autre main retombait sur ses genoux.

Dès qu'il la vit, Horace demeura stupéfait; jamais il n'avait contemplé tant de beautés et de grâces, jamais son œil ne s'était arrêté sur des contours aussi harmonieux, jamais sa pensée n'avait osé rêver tant de charme et de chasteté réunis!

A la voir ainsi soucieuse et pensive, rêveuse et mélancolique, on l'eût prise volontiers pour une reine déchue, dont le front découronné semblait garder encore l'empreinte de la majesté royale.

Horace se leva et fit un pas vers elle.

Mais, avec quelque précaution que ce mouvement eût été fait, la jeune femme l'entendit, et elle releva vivement la tête : elle ne parut ni surprise ni mécontente d'apercevoir Horace. Puis, comme si, après un prompt retour sur elle-même, elle eût pensé que cette rencontre avec un jeune et beau cavalier pouvait la compromettre, elle imita Horace et se dirigea vers la porte, comme pour rentrer au bal ; mais il la prévint.

— Vous partez ? lui dit-il en se retournant en même temps qu'elle sur le seuil de la porte.

— Mais il me semble, répondit la jeune femme en souriant, qu'il est une heure convenable pour se retirer.

— Quoi ! s'écria Horace, je vous perdrais déjà, après vous avoir à peine entrevue ?...

— Vous avouerez, reprit la jeune femme avec un enjouement gracieux, que c'est un peu votre faute si nous sommes restés si longtemps l'un près de l'autre sans nous adresser une parole.

— C'est vrai ! fit le jeune comte d'un accent douloureux qui parut émouvoir la femme ; mais qu'importe! reprit-il aussitôt, nous sommes ici loin du bruit et de la foule, nul ne songe à nous, et nous pouvons y rester encore une heure sans que l'on s'en aperçoive...

— Il y a trop de personnes disposées à me trouver en faute.

— Quelles sont ces personnes ? demanda Horace en élevant la voix.

— Ah ! prenez garde, fit observer la jeune femme en portant son index à la hauteur de ses lèvres, par un mouvement d'enfantine malice, si vous prenez ce ton on ne manquera pas de s'apercevoir de notre absence.

— Vous consentez donc à rester ? fit Horace avec une joie mal contenue.

— Je ne le devrais pas, mais cependant j'y consens.

Ils allèrent s'asseoir sur le sopha qu'Horace venait de quitter, et reprirent leur conversation un instant interrompue.

— Oh ! combien je bénis le ciel de vous avoir placée sur ma route, dit Horace, après quelques minutes d'un silence plein d'émotion, et quelle joie c'est pour moi, madame, de vous avoir trouvée dans cette société où je ne connais personne.

— Vous êtes nouvellement arrivé à Paris ? demanda la jeune femme.

— Depuis deux jours seulement.

— Quel est donc votre pays.

— La Bretagne.

— Et votre nom ?

— Le comte Horace de Forsanz.

— Et que comptez-vous faire à Paris ?

— Je n'en sais rien encore, madame.

— Avez-vous l'intention de suivre la carrière des armes ?

— Probablement.

— Vous avez une mère ?

— Oui, madame, et une sœur...

— Sont-ce là toutes les personnes auxquelles vous soyez attaché par un lien ou un sentiment quelconque ?

— Absolument toutes, madame.

— Quoi ! pas une fiancée, pas même une maîtresse ! s'écria la jeune femme.

— Ni l'une, ni l'autre, répondit Horace.

Il se fit un long silence. Horace était visiblement ému ; son interlocutrice ne paraissait pas l'être beaucoup moins. Elle reprit :

— Je suis folle, en vérité, de vous adresser toutes ces questions. Je ferais mieux de vous parler d'autres choses... Voyons, répondez-moi avec franchise. Connaissez-vous Paris ?

— Nullement, madame, dit Horace.

— Y avez-vous été présenté à quelques femmes ?

— A aucune.

— Du moins y avez-vous fait connaissance de quelques hommes ?

Horace sourit.

— Les essais que j'ai tentés de ce côté n'ont pas été précisément couronnés de succès, répondit-il. Le jour de mon arrivée, mon cheval s'avise d'aller maladroitement donner du poitrail dans la tête d'un gentilhomme, et de celui-là je me suis fait un adversaire.

— Vous vous êtes battu ?.. demanda vivement la jeune femme.

— Non, pas encore, dit Horace, mais j'espère que cela ne tardera pas.

— C'est votre première affaire, peut-être ?

— Vraiment, oui.

— Et sans doute vous ne savez pas fort bien manier une épée ?

— Mais je vous demande pardon, madame, j'ai la main passablement sûre, et le coup d'œil assez juste

— N'importe, monsieur le comte; il y a à Paris des hommes qui ne rougissent pas de faire un métier de ces sortes d'affaires, et qui vous tueraient sans pitié. — Quel est le nom de votre adversaire ?

— Le comte Roger de Villepreux.

L'œil de la jeune femme lança un éclair à ce nom inattendu, et elle saisit le bras d'Horace.

— Monsieur le comte, lui dit-elle avec vivacité, êtes-vous bien sûr que ce soit avec le comte de Villepreux que vous devez vous battre ?

— Parfaitement sûr, madame, répondit Horace.

— En ce cas, monsieur, j'ai un service à vous demander.

— Pour vous, je ferai des choses impossibles.

— Il ne s'agit que d'une chose facile.

— Tant pis !.. Quelle est-elle ?

— Ce serait de remettre ce duel.

— Mon Dieu, madame, dit Horace, ce n'est pas moi que vous devrez remercier de ce service.

— Que voulez-vous dire ?

— J'ai reçu ce matin, du comte de Villepreux lui-même, un billet par lequel il me prie de retarder notre rencontre de quelques jours...

— Et vous avez accepté ?

— J'ai accepté.

— Je vous en remercie.

En disant ces mots, la jeune femme tendit à Horace une main reconnaissante, que celui-ci saisit et garda.

— Je vois, madame, reprit-il après ce nouveau silence et en prenant un ton de douloureuse désespérance, que j'avais tort de me bercer tout à l'heure d'un espoir qui ne m'est plus permis maintenant.

— De quel espoir voulez-vous parler, monsieur le comte ? répondit la jeune femme en recouvrant toute sa sérénité et tout son enjouement.

— Vous vous raillez de moi, poursuivit Horace, vous vous jouez des douleurs qui sont mon partage. Ah ! pourtant, madame, si vous pouviez lire au fond de mon cœur, et voir tout ce qu'il contient en ce moment d'amour et d'adoration, j'en suis sûr, car je vous crois aussi bonne que vous êtes belle, vous auriez pitié des tourments que j'endure, et vous ne partiriez pas d'ici sans me donner un peu d'espoir...

— Je ne comprends pas, objecta son interlocutrice; pourquoi l'espoir que vous aviez conçu tout à l'heure s'est-il si tôt envolé.

— Vous aimez, madame, je l'ai deviné...

— Et qui avez-vous deviné que j'aimais...

— Le comte Roger...

— Lui !...

— Oh !... vous vous défendez en vain...

En ce moment, un bruit imperceptible de pas se fit entendre dans la pièce voisine. La jeune femme bondit avec vivacité :

— Nous sommes épiés !.. s'écria-t-elle.

— Que craignez-vous ? dit Horace.

— Tout ! je crains tout !.. Il faut que je parte !

— Laissez-moi vous accompagner...

— Gardez-vous-en bien !..

— Partirez-vous du moins sans me laisser une parole qui me console ?

La jeune femme s'arrêta, tendit encore une fois la main à Horace, et lui dit en souriant :

— Nous nous reverrons, monsieur le comte ; à bientôt !

Puis elle franchit le seuil de la porte et disparut.

Horace était resté seul, ému, étourdi, se demandant avec une inquiétude mêlée de joie quel sentiment nouveau et puissant poussait dans son cœur des racines si profondes. Il fit quelques pas pour rentrer dans le bal, et se trouva face à face avec Marchant.

— Eh ! eh ! lui dit ce dernier, dès qu'il l'aperçut, pas mal, pas mal, monsieur le comte ; pour un début, vous avez eu la main heureuse.

— Je ne sais ce que vous voulez dire, interrompit Horace, en essayant de se soustraire aux poursuites importunes de Marchant.

— Vous êtes discret, bon ! vous irez loin, mon cher comte, poursuivit ce dernier. Savez-vous que c'est une des plus jolies femmes de la cour...

— Vous la connaissez ?.. fit tout à coup le jeune comte, qui se rappelait seulement alors qu'il avait oublié de demander le nom de son inconnue.

— Si je la connais ! repartit Marchant ; et le roi aussi la connaît...

— Qui donc est-elle ? demanda Horace avec une émotion qu'il eût vainement cherché à cacher.

— La comtesse Dubarry ! répondit Marchant.

Il fit en même temps un demi-tour sur lui-même et alla s'asseoir auprès de la Dubois.

V

UNE SINGULIÈRE PROPOSITION.

— La comtesse Du Barry!... murmura Horace dès que Marchant l'eut quitté, c'est impossible! Oh! mon Dieu! un instant j'avais cru à la possibilité de cet amour, il faut y renoncer.

Il se mêla de nouveau à la foule, pour essayer de se soustraire à sa préoccupation, mais il était triste, découragé; les bruits du bal étaient impuissants à le distraire.

Bien qu'il ne doutât pas que cette femme ne fût réellement la comtesse du Barry, ainsi que le lui avait dit Marchant, il demandait à son esprit des raisons de ne pas croire que cela fût, et fuyait avec terreur devant la réalité ! Et puis, dans sa naïveté provinciale, Horace avait toujours pensé que le vice se révèle chez la courtisane par certaines marques indélébiles, et il s'étonnait, en se rappelant l'image de la comtesse, de n'avoir que de l'admiration et de l'amour pour son visage si pur, ses formes si délicatement harmonieuses, sa mise si chastement simple. Il s'indigna contre lui-même de se sentir aussi vivement ému au seul souvenir des quelques instants qu'il avait passés près d'elle, et se promettait de l'oublier dès qu'il aurait franchi le seuil de cette demeure où il l'avait rencontrée.

Mais quoi qu'il fît, l'image de la comtesse revenait sans cesse à son esprit, et la jalousie lui mordait le cœur, lorsqu'il venait à se rappeler l'intérêt que la Du Barry avait témoigné au comte de Villepreux.

Dans un moment où, en proie à une vive agitation, il parcourait les appartements de la Dubois, allant des salons aux boudoirs et des boudoirs aux salons, il crut voir passer à ses côtés et disparaître aussitôt le comte Roger de Villepreux lui-même. Un nuage glissa sur ses yeux et la jalousie descendit plus profondément encore dans son cœur.

Le comte Roger avait paru ne vouloir pas le reconnaître, et s'était éloigné; Horace se mit sur ses traces, et au bout de quelques minutes il le rejoignit.

Le comte Roger ne pouvait l'éviter, il fit quelques pas et entra dans un boudoir. Ils s'y trouvèrent seuls.

— Je vous cherchais, monsieur le comte, dit Horace en abordant Roger.

— Et moi je vous fuyais, répondit Roger.

— Comment cela ? fit Horace étonné.

— N'avez-vous pas reçu ma lettre ?

— Je l'ai reçue.

— Et vous consentez à remettre notre rencontre ?

— De tout mon cœur.

— Alors je n'ai plus, pour le moment, qu'un service à réclamer de vous.

— Lequel ?

— Celui de ne pas me reconnaître, d'ici que je ne vous reconnaisse moi-même...

— Mais, quel motif !... objecta Horace dont l'étonnement allait croissant.

— Oh! des motifs graves, répondit Roger, des motifs très-graves que je regrette de ne pouvoir encore vous confier!

— Vous partez?

— Je vais saluer la Dubois, et je me retire...

— A bientôt donc?

— A bientôt.

Horace rentra immédiatement dans les salons, et alla se jeter plutôt que s'asseoir dans un fauteuil, non loin de la Dubois.

Marchant venait de se placer près de cette dernière.

— Eh bien! lui dit celle-ci, dès qu'elle le vit revenir, l'avez-vous vue?...

— Je l'ai vue, répondit Marchant, la fortune me sourit.

— Qu'est-il donc arrivé?

— D'abord, dit Marchant, si elle sait quelque chose, elle ne sait pas tout, car, pendant qu'un grand danger la menace, elle ne se serait pas amusée à faire l'amour dans un boudoir avec un jeune comte de notre connaissance.

— Horace! fit la Dubois.

— Lui-même ! répondit Marchant.

— Savez-vous qu'il n'est pas mal, ce jeune comte ?

— Je le crois bien, repartit Marchant ; plus de vingt femmes m'ont déjà demandé son nom et son adresse.

La Dubois sourit ; c'était le seul mode d'improbation qu'on lui connût.

— Mais enfin, reprit-elle bientôt, vous ne me dites pas...

— C'est cependant bien clair, dit Marchant, si la comtesse s'amuse à aimer, elle ne saura rien de nos projets.

— C'est juste.

— D'ailleurs, ajouta-t-il en baissant la voix, il y a un moyen de mettre fin à toutes nos craintes, relativement à Roger et à Horace.

— Quel moyen ?

— Il faut qu'ils se rencontrent.

— Mais où trouver Roger, objecta la Dubois.

— Ici...

— Chez moi !

— Je viens de le voir.

— C'est impossible !

— Regardez plutôt, le voilà.

Un beau et grand jeune homme, dont la physionomie avait quelques rapports avec celle d'Horace, entrait en ce moment : il fut salué du nom de Roger de Villepreux, par quelques seigneurs qui se trouvaient sur son passage. Il était considérablement pâle, un air de profonde tristesse était répandu sur ses traits ; c'est à peine s'il répondit aux marques d'intérêts et de sympathie qu'il recueillait sur son chemin.

Il marcha vers la Dubois.

— Mais comment faire ? demanda celle-ci à Marchant.

— Rien de plus facile, répondit ce dernier, écoutez-moi.

Alors ils baissèrent encore davantage leurs voix, jusqu'au moment où la Dubois releva la tête, en jetant un éclat de rire qui fut entendu dans tout l'appartement.

La Dubois riait à ravir.

Roger de Villepreux se trouvait alors à deux pas d'elle. Il s'arrêta et la regarda fixement, sans paraître le moins du monde disposé à partager son hilarité.

— Bonsoir, cher comte, dit la Dubois en l'accueillant de sa plus charmante inclination de tête, justement, Monsieur, — elle désignait Marchant, — me racontait à votre sujet une aventure des plus singulières.

— Quelle aventure ? demanda froidement Roger.

— Mais elle n'est pas si ancienne, repartit la Dubois, que vous puissiez l'avoir déjà oubliée !...

— Je vous jure que je ne m'en souviens guère, dit encore Roger.

— Quoi ! cette rencontre sur le Pont-Neuf, avec le jeune comte Horace de Forsanz...

Roger devint plus pâle et regarda autour de lui, comme pour s'assurer que les paroles de la Dubois n'avaient pas été entendues.

Mais déjà un groupe de curieux faisait cercle à ses côtés; il fronça le sourcil et reprit :

— Parbleu ! dit-il, vous me la remettez en mémoire, Dieu me damne, j'allais l'oublier, et je vous remercie de me l'avoir rappelée.

Puis, se dirigeant vers Horace qui, encore à demi plongé dans ses rêves, se demandait à quelle occasion son nom venait d'être mêlé à cette conversation.

— Bonsoir, cher comte, ajouta-t-il d'une voix assez élevée pour que chacun l'entendît et en essayant de sourire, c'est donc demain que nous nous coupons la gorge?

— Mais... balbutia Horace.

— Acceptez!... lui dit Roger à voix basse.

— C'est demain, oui, répondit Horace, et je vais aller de ce pas m'y préparer en prenant un peu de repos.

Et comme il se levait et se disposait à sortir, Roger le suivit.

— Vous rentrez chez vous? lui demanda-t-il.

— Comme vous le dites, répondit Horace.

— En ce cas, poursuivit Roger, puis-je vous prier de me rendre encore un service?

— Lequel?

— Je désire vous entretenir quelques instants.

— Moi!

— Vous-même...

— Eh bien! comme vous voudrez, causons...

— Non! non! pas ici... Mille regards nous épient en ce moment... Chez vous, dans une heure.

— Pourquoi pas tout de suite !

— Impossible ! répondit Roger ; il est important que l'on ne nous voie pas sortir ensemble, et d'ailleurs j'ai autre chose à faire d'ici là.

— Allons ! fit Horace avec une certaine gaîté insouciante, j'avais envie de dormir, mais je vous attendrai... je ne puis pas moins faire pour un homme avec lequel je vais me couper la gorge demain.

— Merci ! merci ! dit Roger.

Et ils se séparèrent.

En rentrant à l'hôtel de la *Boule-d'Or*, Horace trouva Plantin qui commençait à prendre de l'inquiétude de l'absence prolongée de son maître.

— Plantin ! lui dit ce dernier, après s'être déchaussé et avoir jeté son épée et son chapeau sur son lit, demain tu sortiras de bonne heure et tu te mettras à la recherche des dames de Méranges.

— Oui, monsieur le comte, répondit le Caleb breton.

— Dès que tu les auras trouvées, tu les assureras de mon respect et de mon dévouement, et tu demanderas à madame de Méranges à quelle heure je pourrai me présenter moi-même à son hôtel. Ensuite tu reviendras me trouver ; j'aurai peut-être besoin alors de tes bons services.

Plantin ne répondit pas, et s'apprêta silencieusement à aider son maître à se mettre au lit.

— Non, merci, dit Horace en le repoussant doucement ; j'allais oublier de te dire que j'attends quelqu'un.

Plantin rougit et baissa pudiquement les yeux. Horace s'amusa un instant de la contenance embarrassée de son valet.

— Allons ! allons ! rassure-toi, lui dit-il ensuite en lui frappant familièrememt sur l'épaule ; il n'y a rien là qui doive te scandaliser. La personne que j'attends est le comte de Villepreux...

Plantin tressaillit.

— Comment ! s'écria-t-il, le jeune homme du Pont-Neuf ?

— Précisément.

— Alors, monsieur le comte ne se bat pas avec lui.

— Nous sommes les meilleurs amis du monde... Seulement, comme le comte Roger désire m'entretenir quelques instants seul, dès qu'il sera arrivé...

— Je me retirerai, dit vivement Plantin, sans donner le temps à son maître d'achever.

Le comte Roger ne se fit pas attendre ; il arriva à l'heure dite.

Roger était un grand jeune homme pâle, aux cheveux noirs ; il avait l'allure insolente et chevaleresque d'un grand seigneur, et portait son nom et son épée comme jamais comte ne les avait encore portés. D'ordinaire, il habitait Versailles et fréquentait la cour, où il menait grand train et joyeuse vie ; ce n'était guère que depuis quelques mois seulement que ses amis et ses maîtresses l'avaient vu avec surprise se retirer du monde pour aller vivre presque solitaire dans l'hôtel qu'il possédait à Paris. Mais Roger s'était peu inquiété de cette surprise et des mécontentements qui l'avaient suivie, il n'avait dit à personne le secret de sa retraite.

Dès qu'il fut entré dans la chambre d'Horace, celui-ci fit un signe à Plantin qui se retira aussitôt.

Les deux jeunes gens restèrent seuls.

Plantin ne fut pas plutôt sorti que Roger marcha droit à Horace.

— Monsieur le comte, lui dit-il, nous sommes seuls, n'est-il pas vrai ?

— Vous le voyez, répondit Horace dont le regard se promena un instant autour de l'appartement.

— Et il n'y a autour de nous, ajouta Roger, personne qui puisse nous entendre et recueillir nos paroles ? ..

— Personne, que je sache...

— Bien ! C'est que le service que j'ai à vous demander ne peut être interprété honorablement que par un homme d'honneur ; je désire n'être entendu que de vous.

— Vos paroles mourront là, dit Horace en portant la main à son cœur.

Il y eut une pause pendant laquelle le comte Roger remercia son adversaire d'un regard reconnaissant.

Il reprit bientôt après :

— Monsieur le comte, dit-il d'une voix grave, la demande que je vais vous faire, le service que je suis venu vous prier de me rendre est étrange, sans contredit, de la part d'un homme qui porte un nom illustre et une épée dont il s'est toujours servi avec honneur et loyauté. Mais les circonstances qui me poussent sont plus fortes que ma volonté, et je dois leur obéir. D'ailleurs, vous l'avez vu, j'ai fait, pour reculer cette fatale rencontre, tout ce que j'ai pu : mais des personnes intéressées à nous séparer, et surtout à précipiter les événements nous ont mis ce soir en présence de la manière la plus fâcheuse, et il n'y a plus moyen de remettre la partie...

— Croyez que je le regrette vivement, répondit Horace.

— Cette rencontre aura donc lieu demain matin, poursuivit Roger, et demain l'un de nous deux sera blessé ou mort.

— Je serais désolé que notre duel eût un résultat fâcheux.

— Qu'importe ! fit Roger, après l'éclat de cette nuit, cette affaire ne peut se terminer sans que l'un de nous deux soit au moins blessé.

— Ce peut être moi ! fit Roger.

— Comme ce peut être moi ! fit Horace.

Et il ajouta presque aussitôt avec un dépit violent :

— Et moi ! moi ! monsieur le comte, je n'ai pas le temps d'être blessé... Ah ! vous trouvez singulier, poursuivit-il aussitôt, qu'un gentilhomme ose tenir un pareil langage à un gentilhomme; mais cela est ainsi, cependant : je n'ai pas le temps d'être blessé...

— Je ne vois qu'un moyen de parer à cet inconvénient : c'est d'avoir le poignet solide et le coup d'œil sûr.

—La chance peut tourner contre moi, et je ne puis courir cette chance.

— Mais que voulez-vous, enfin, dit Horace qui arrivait au comble de l'étonnement sans pouvoir deviner la nature du service que l'on exigeait de lui.

La position était en effet singulière: Horace se voyait en présence d'un homme qui ne voulait pas être blessé, et qui cependant demandait impérieusement que cette rencontre ne se terminât pas sans effusion de sang.

Roger se promenait avec agitation à travers la chambre; moins il voyait Horace disposé à faire ce qu'il voulait de lui, plus il hésitait à aborder la question.

Quelques minutes s'écoulèrent, sans diminuer l'anxiété des deux antagonistes. Enfin le comte de Forsanz se décida à rompre le premier le silence :

— Voyons, dit-il à Roger qui, l'entendant parler, s'arrêta au milieu de l'appartement, si je comprends bien ce que vous avez dit, vous désirez que cette rencontre ne se termine pas sans que l'un de nous soit blessé ?

— C'est cela même, fit Roger.

— D'un autre côté, poursuivit Horace, vous déclarez que vous n'avez pas le temps d'être blessé.

— Parfaitement !

— Alors, continua Horace, comme il n'y a que vous et moi qui puissions l'être, et que vous ne voulez pas, pour cette fois au moins, en courir la chance, il devient évident que vous demandez à ce que ce soit moi qui sorte vaincu du combat.

— Comprenez-vous?

— Je comprends.

— Et vous acceptez?..

— Pas le moins du monde.

— Mais, balbutia Roger, vous paraissiez disposé...

— A vous rendre service, oui, vraiment, répondit Horace, mais vous concevez, mon cher comte, que l'on ne consent pas ainsi de gaîté de cœur à se faire administrer un grand coup d'épée à travers la poitrine.

— Je vous blesserai légèrement.

— Qui me l'assure ?

— Je suis adroit.

— Et que m'en reviendrait-il ?

— Mon amitié et mon dévouement sans bornes, dit Roger.

— Grand merci !.. fit Horace, quand je serai mort, je vous demande à quoi votre amitié et votre dévouement me serviront ?..

Cette plaisanterie était assurément de fort mauvais goût dans un pareil moment. Horace le comprit dès qu'elle lui eut échappé, et il s'en repentit ; mais le mal était fait, il n'y avait plus à revenir.

Roger se sentit blessé cruellement ; un mouvement de dépit hautain vint plisser un instant son front pâle, et il fut sur le point de jeter à Horace un regard accablant de colère et de fierté ; mais il comprima cette colère qui montait sourdement de son cœur et se dirigea vers la porte sur la serrure de laquelle il posa la main avec découragement :

— A demain donc !.. dit-il à Horace en se tournant une dernière fois vers lui.

Ces paroles simples, dites d'un ton calme et digne vinrent arracher Horace à toutes ses hésitations; il s'élança vivement vers la porte, et arrêtant Roger :

— Comte Roger, s'écria-t-il avec effusion, ce n'est pas ainsi que deux gentilshommes doivent se quitter. Les paroles imprudentes que j'ai prononcées vous ont offensé; si ce n'est pas assez de mon repentir et de mes excuses pour les effacer, dites-moi, Monsieur, ce qu'il faut que je fasse, et je le ferai!

Roger s'arrêta au moment de franchir le seuil, et regarda Horace :

— Vous êtes un noble jeune homme, monsieur le comte, lui dit-il; j'aurais été profondément contrarié d'être obligé de rompre sitôt les liens de l'amitié qui naît entre nous.

Puis il reprit :

— Ainsi, je puis compter sur votre bonne volonté et votre discrétion.

— Elles vous sont acquises.

— Vous ne m'en voudrez pas trop de vous avoir blessé?

— Tuez-moi, si cela peut vous être agréable, reprit Horace.

— Bien! bien!.. Demain, monsieur le comte, je pourrai sans doute vous faire connaître les motifs qui m'obligent à vous adresser cette demande.

Les deux jeunes gens se serrèrent la main, et Roger s'éloigna.

VI

UN DUEL POUR RIRE

Dès qu'Horace se trouva seul dans sa chambre, il se hâta de se mettre au lit.

Il était fatigué de sa journée et physiquement et moralement : Plantin lui avait fait exécuter une course à travers la Cité, et la lassitude brisait ses membres ; en outre, sa position au milieu de mystères qu'il ne pouvait comprendre lui suggérait mille inquiétudes qui tourmentaient son esprit. Aussi fut-ce en vain qu'il chercha le repos. Marchant, Mademoiselle de Méranges, Roger de Villepreux, la Dubois, la comtesse Du Barry, toutes ces physionomies passaient et repassaient alternativement devant ses yeux et suffisaient à le tenir éveillé. Il se demandait ce que voulait faire Marchant; pourquoi la comtesse Du Barry semblait le haïr et le craindre; pourquoi Roger n'avait pas le temps d'être blessé! Ces trois personnages revenaient surtout à l'esprit d'Horace avec une persistance et une ténacité qu'il ne pouvait vaincre, et tous les trois lui jetaient en passant d'étranges sensations, qu'il n'avait jamais éprouvées jusqu'alors.

Marchant lui inspirait je ne sais quelle secrète épouvante, contre laquelle il se trouvait impuissant à lutter, et qui glaçait jusqu'aux plus généreux sentiments de son cœur. Quand cette physionomie, aux lignes laides et repoussantes, venait à se dresser au milieu de l'ombre épaisse de la nuit, il voyait aussitôt se dessiner vaguement derrière elle, la grande et sombre silhouette de la Bastille! Horace se cachait la tête dans les mains pour se soustraire à cette apparition terrible, mais le fantôme ne disparaissait que lorsque la noble figure de Roger venait à le remplacer.

Horace ressentait pour le jeune comte de Villepreux, une de ces sympathies ardentes et vivaces, qui prennent leur source dans les sentiments les plus purs; jamais il n'avait serré avec autant de plaisir la main d'aucun gentilhomme; jamais, non plus, l'amitié ne lui avait paru plus douce, plus sainte, plus digne, que depuis qu'il connaissait Roger. C'était une affection calme, sereine, comme devraient l'être toutes les affections humaines, et l'on eût pu dire qu'Horace ne se sentait si heureux de vivre que parce qu'il se sentait aimé de Roger.

Il n'en était pas ainsi du sentiment qu'il éprouvait pour la comtesse Du Barry. Quand l'image de la jeune femme venait s'asseoir, recueillie et pensive, douce et triste, au chevet de son lit, un trouble inquiet et rêveur s'emparait tout à coup d'Horace, et le replongeait, malgré lui, dans des langueurs interminables. Les blanches formes de la jeune femme se profilaient dans l'ombre, et le regard du comte, allumé tout à coup par la passion et le désir, en parcourait avidement les contours harmonieux. Horace n'avait jamais aimé encore, la comtesse Du Barry était la première femme jeune, vive, adorablement jolie, dont il pût rêver la possession; il avait besoin de croire à l'amour, et il y croyait ; il ne connaissait la Du Barry que de nom, il ignorait la réputation qu'elle s'était faite, la vie qu'elle avait menée avant de devenir la maîtresse du roi ; il ne demandait qu'à l'ignorer toujours ; et puis, à cet âge, l'amour, de quelque côté qu'il vienne, dans quelque lieu qu'il prenne naissance, l'amour n'est-il pas toujours la plus douce chose qu'il soit donné à l'homme de connaître ?... Horace le savait bien, il l'avait toujours pensé... il avait de bonne heure fermé son cœur pour ne l'ouvrir qu'à des sentiments dignes de lui ; il ne pensait pas qu'il pût être trompé jamais, et, dans sa naïve et touchante ignorance, il espérait que la première femme à laquelle il confierait son cœur, saurait le préserver noblement de l'atteinte des amours indignes.

A cette époque de scepticisme et de doute universel, Horace devait se heurter à de cruelles déceptions. La foi était en lui, forte, ardente, inébranlable, et nul ne croyait plus à la foi ; il avait conservé pure la religion de l'amour, et toutes les croyances étaient mortes, et la société allait périr, parce qu'elle n'avait plus ni religion, ni amour !

C'est ainsi que, pendant toute la nuit, il vit voltiger autour de son lit les fantômes insaisissables de son délire; et lorsqu'il eut fermé les yeux, qu'un sommeil réparateur commença à engourdir ses membres et sa pensée, les mêmes créations revinrent encore, mais cette fois avec des formes plus vaguement esquissées, s'asseoir à son chevet et causer avec lui du passé et de l'avenir.

Quand Horace se réveilla le lendemain, Plantin était déjà occupé dans la chambre à préparer la toilette de son maître. Horace demanda l'heure; il était neuf heures.

Le jeune comte se hâta de s'habiller : à neuf heures et demie il était prêt; alors il attendit.

Il était convenu la veille, avec Roger, que ce dernier enverrait à son hôtel un témoin qui le conduirait au lieu du rendez-vous.

Bien que le duel auquel il allait se rendre ne fût pas sérieux, cependant Horace était loin d'être rassuré sur son issue. Il était, il est vrai, décidé à se laisser blesser, mais le hasard pouvait rendre la blessure dangereuse, comme il se pouvait faire aussi qu'elle fût légère. Néanmoins il ne fit rien paraître devant

Plantin, et garda toutes ses inquiétudes pour lui-même.

— Plantin, dit-il d'une voix calme, tu te rappelles sans doute l'ordre que je t'ai donné hier ?

— Oui, monsieur le comte, répondit Plantin.

— En ce cas, tu vas te rendre immédiatement dans le quartier qu'habite madame de Méranges, tu lui expliqueras les motifs qui m'ont empêché jusqu'ici d'aller visiter ces dames, et quand tu te seras acquitté de ta mission, tu reviendras me trouver.

— Cela sera fait ainsi que l'ordonne monsieur le comte.

Plantin partit presque immédiatement, et Horace resta seul.

Il était triste; sans savoir pourquoi, une amère mélancolie s'était emparée de sa pensée, et chaque pensée, et chaque objet revêtait sous ses yeux une teinte sombre et fatale. Il lui semblait que ce jour devait être son dernier jour, que tout ce qu'il avait aimé allait se détacher violemment de lui, que toutes les affections pures de sa jeunesse allaient l'abandonner, et un suprême et dernier regret s'éleva de son cœur brisé. Il souffrait !

Il s'approcha de la fenêtre.

La fenêtre opposée était hermétiquement fermée. Nul bruit, nul mouvement. Un rayon de soleil se jouait dans la vitre et en faisait jaillir mille feux qui, en éclatant, allaient se refléter en gerbes brillantes sur les rideaux blancs.

Horace regarda longtemps, et une larme vint tomber sur sa joue.

Il se souvenait que là, à deux pas de lui, il y avait une pauvre fille qui souffrait, sans défense, sans appui, sans secours, et qu'il avait abandonnée!.. Il se rappelait ses prières, ses larmes, ses sanglots, la physionomie repoussante de Marchant, et il s'étonnait du lâche abandon dans lequel il avait laissé cette enfant, dont il ne pouvait douter qu'on voulût faire une victime.

— Pauvre enfant! murmura-t-il en s'arrachant de la fenêtre et en venant s'asseoir sur le bord de son lit; pauvre enfant! elle n'a peut-être ni frère, ni père, ni amant... elle a peut-être une sœur, peut-être une mère... Mon Dieu!...

Horace pensa à sa mère et à sa sœur.

Il serait sans doute resté fort longtemps dans la

même attitude, si un bruit de pas dans l'escalier, et son nom prononcé avec une certaine vivacité, n'avaient tout à coup attiré son attention.

Il se leva et alla à la porte.

— Monsieur Horace de Forsanz! demanda un jeune homme qui portait l'habit des mousquetaires noirs.

— C'est moi!... répondit Horace.

— Je m'appelle le duc de Cossé, reprit son interlocuteur, et je viens vous prendre de la part du comte de Villepreux, mon ami.

Horace passa son épée, prit son chapeau et il sortirent. Chemin faisant, le duc de Cossé parla beaucoup à Horace de la cour et de la ville, du roi et de la Du Barry, des femmes à la mode et des seigneurs en renom; il lui demanda s'il était pour le duc d'Aiguillon ou le duc de Choiseul, ce à quoi Horace répondit qu'il n'était ni pour l'un ni pour l'autre; s'il tenait pour l'ancien ou pour le nouveau parlement, ce à quoi Horace objecta qu'il ne connaissait les défauts de l'ancien non plus que les qualités du nouveau; si enfin il avait déjà eu plusieurs affaires, et s'il n'avait encore entamé quelque intrigue, ce à quoi Horace avoua que son duel avec Roger était sa première affaire, et que la Dubois était la seule personne dont il eût fait connaissance jusqu'alors.

— Ah! la Dubois!... fit le duc de Cossé sur ce dernier propos, vous allez chez la Dubois?

— J'y suis allé hier, pour la première fois...

— Diable! hier... on m'a dit que la réunion a été charmante.

— Charmante, en effet, répondit Horace.

— Eh mais, attendez donc, poursuivit le duc, hier... la Du Barry y était.

— Elle vient donc souvent à Paris? demanda le jeune comte de Forsanz.

— Oui! oui! depuis quelque temps surtout...

— Et pour quels motifs, le savez-vous?

— Oh! oh! je m'en doute... les Choiseul lui joueront quelque mauvais tour, et le duc d'Aiguillon, aussi bien que le président Meaupou, sera parfaitement incapable de la retirer du mauvais pas qu'ils lui ont fait faire!

— Elle court donc quelques dangers?

— De très-grands.

— Pour sa vie?

— Non, pour son trône!

Horace regarda le duc de Cossé qui riait, et lui demanda l'explication de sa plaisanterie.

— Il n'y a pas de plaisanterie, mon cher comte, répondit le duc de Cossé : il s'agit tout simplement de donner un successeur à Cotillon III.

Horace n'était pas si ignorant des choses de la cour qu'il ne connût très-bien la valeur du mot que le duc de Cossé venait de prononcer. Il comprit aussitôt la nature du danger que pouvait courir la Du Barry, et en fut mortellement affligé.

— Et croyez-vous, reprit-il bientôt en dissimulant mal son émotion, que les ennemis de la comtesse réussiront dans leurs entreprises?

— C'est ce qu'il serait très-difficile d'assurer, répondit le duc de Cossé, le roi aime les vierges folles et les vierges sages, et la Du Barry n'est ni l'une ni l'autre. On rapporte que les Choiseul, qui connaissent parfaitement les goûts du roi, et les ont souvent satisfaits, préparent à cet effet une habile manœuvre qui ne peut manquer de les ramener au pouvoir... Pour mon compte, ajouta le duc de Cossé, je vous jure que je ne le désire guère. La Du Barry est jeune, jolie, spirituelle, elle est de plus aimante et bonne, et je crois que nous perdrions à en avoir une autre ; et puisqu'il faut absolument au roi quelque chose ou quelqu'un, je demande que rien ne soit changé, et que les affaires suivent le même train que devant.

Horace écoutait avec attention, et chaque fois que le duc prononçait le nom de la comtesse, son cœur se prenait à battre violemment, et une imperceptible rougeur courait sur ses joues. Bien qu'il n'eût vu la Du Barry qu'une seule fois, qu'il lui eût parlé à peine, que la distance qui le séparait fût immense, et qu'il n'eût pas l'espoir de la revoir jamais, il lui semblait pourtant qu'entre cette femme et lui il s'était élevé une certaine sympathie secrète qui les avait liés l'un à l'autre, mystérieusement et peut-être même à leur insu : la Du Barry était bonne, le duc de Cossé venait de le dire, pourquoi Horace ne l'aurait-il pas aimée ? Elle était bonne, aimante, et si elle n'avait pas gardé pure sa blanche virginité de jeune fille, ne pouvait-elle pas trouver dans un nouvel amour, jeune, confiant, enthousiaste, la force de se régénérer, de se purifier en retrempant son cœur dans les flots fécondants d'un sentiment plus grand, plus noble, plus digne d'elle-même?

Voilà ce que disait Horace, et il ne croyait pas être insensé en l'espérant.

Cependant, tout en écoutant le duc de Cossé, un doute cruel lui vint à l'esprit et le troubla. Les paroles du duc venaient de lui révéler les motifs de la demande un peu singulière que lui avait adressée la comtesse, en le priant de retarder de quelques jours son duel avec le comte Roger. Sans aucun doute, le comte et la comtesse s'étaient concertés pour unir leurs efforts contre les Choiseul, et il n'y avait que l'amour qui, aux yeux d'Horace, pût expliquer la position de l'un et de l'autre.

Il en ressentit un dépit mortel.

Mais il voulut boire le poison jusqu'à la lie.

— Dites-moi, monsieur le duc, dit-il tout à coup, vous êtes l'ami de M. de Villepreux?

— Oui, monsieur le comte, répondit de Cossé, son meilleur ami.

— Vous vivez à peu près de la même vie?

— A peu près.

— Et sans doute vous n'avez rien de caché l'un pour l'autre ?

— Absolûment rien ; mais où voulez-vous en venir ?

— A vous demander quelques renseignements qui peuvent m'être très-utiles.

— S'il est en mon pouvoir de vous donner ces renseignements, je vous les donnerai de grand cœur.

Horace parut réfléchir un instant, puis il reprit :

— M. le comte de Villepreux habite Versailles !

— Depuis deux mois, il l'a quitté.

— Ah ! et il l'a quitté sans doute pour venir habiter Paris ?

— Nullement... pour aller vivre en province.

— Vous croyez ?

— J'en suis sûr.

— Et le comte n'a-t-il pas vigoureusement défendu la comtesse Du Barry contre les Choiseul ?

— C'est tout le contraire ; il a vigoureusement défendu les Choiseul contre la Du Barry.

— Ah !

— C'est comme je vous le dis.

Horace respira ; un poids énorme venait de tomber de dessus sa poitrine.

La comtesse n'aimait pas Roger, Roger ne l'aimait pas ; pourtant, ils semblaient faire cause commune, et avoir, dans le moment, les mêmes intérêts. Il y avait là un mystère ; Horace se promit de l'éclaircir.

Le duc de Cossé venait de s'arrêter : ils étaient arrivés au lieu du rendez-vous.

Roger et un témoin les y attendaient déjà.

Une voiture était à dix pas, se tenant prête à emporter le blessé.

Un médecin des amis de Roger occupait seul la voiture. En cas d'alerte, elle eût été assez grande pour contenir les deux adversaires, les deux témoins et le médecin.

— Ne perdons pas de temps, messieurs, dit Roger, dès qu'il vit arriver Horace et le duc, et mesurez les épées.

On mesura les épées, on convint des conditions du duel, puis les deux adversaires se mirent en garde.

Le combat fut court : après quelques feintes de

la part d'Horace, quelques parades de la part de Roger, l'épée de ce dernier passa vive et rapide et vint se planter dans l'épaule du jeune comte de Forsanz. Il poussa un léger cri, et laissa tomber son arme.

Roger fit aussitôt avancer sa voiture ; et, après avoir donné à son cocher l'adresse de la Boule-d'Or, quai des Orfèvres, il s'approcha d'Horace et lui dit à voix basse :

— A bientôt, monsieur le comte, à bientôt, dans quelques heures, je serai près de vous.

La voiture partit aussitôt, emportant Horace et le médecin.

Plantin n'était pas encore revenu ; Horace se jeta sur son lit, et quand le médecin se fut retiré, après avoir pansé sa blessure, comme il était vivement agité, il essaya de dormir : mais la fièvre le retint éveillé.

Alors il songea.

Depuis qu'il était à Paris, d'étranges choses s'étaient passées autour de lui ; il avait vécu en huit jours plus que durant les vingt-cinq années qu'il avait vues s'écouler lentes et monotones, au manoir paternel. Ici, la vie l'avait pris avec une rapidité qui tenait du prodige, elle le pressait, le poussait, le dévorait, il ne s'était jamais fait l'idée d'une semblable existence, et dès les premiers pas il se trouvait étourdi !... Cependant, à mesure qu'il avançait sur la route que lui frayaient les événements auxquels il assistait, son pas devenait plus ferme, son coup-d'œil plus sûr ; l'expérience mûrissait sa raison, il se sentait vieillir à force de vivre vite. Son cœur perdait peu à peu sa première candeur, et il se dépouillait insensiblement de cette naïveté charmante que l'on ne connaît qu'en province.

La rapide échappée que lui avait laissé entrevoir la conversation qu'il avait tenue avec le duc de Cossé, venait de temps en temps se replacer sous son regard, et il arrivait à saisir dans ses actions, ses intrigues, ses infamies, cette société décrépite et dégénérée qui entourait le roi et pesait sur le pays.

Pour une âme comme la sienne, il y avait là un haut enseignement, une leçon dont on pouvait tirer profit; le duc de Cossé représentait à merveille cette noblesse au cœur usé, qui assistait paisiblement au spectacle scandaleux d'une cour prostituée, sans remords et sans souci, et qui ne pouvait pas même, comme la noblesse de Louis XIV, se cacher derrière les rayons éclatants d'une gloire usurpée.

Toutes ces pensées sur lesquelles l'esprit d'Horace s'arrêtait étaient loin de calmer la fièvre qui le brûlait. Sa blessure le faisait peu souffrir, mais parfois une douleur vive et aiguë le rappelait tout à coup à la vérité de sa position ; il eût désiré marcher, pour essayer de changer le cours de ses idées ; mais le médecin lui avait défendu le mouvement. Il demeura donc sur son lit.

Il en était là de ses réflexions, lorsque la porte de sa chambre s'ouvrit avec bruit et qu'il vit entrer Plantin, pâle essoufflé, les cheveux en désordre, cherchant d'un œil égaré à reconnaître l'appartement dans lequel il entrait.

Il fallait qu'il fut arrivé à Plantin quelque chose d'extraordinaire, pour qu'il fût ainsi sorti de ses habitudes de calme et de placidité ; Horace se leva avec vivacité sur son séant.

— Or çà, Plantin, lui dit-il, qu'est-il donc arrivé, que te voilà bouleversé à te rendre méconnaissable ?

Plantin apercevant son maître, alla à lui, et hochant tristement la tête :

— Il est arrivé, monsieur le comte, un grand malheur, répondit-il, un bien grand malheur !

Et il tomba désespéré sur une chaise.

VII

UN GRAND MALHEUR.

Le visage de Plantin présentait tous les signes extérieurs de l'accablement le plus complet.

Il était pâle ; ses longs cheveux flottaient en désordre sur son front, son regard était morne et terne, une douleur affreuse contractait ses traits et le rendait méconnaissable. Il laissa tomber ses bras le long de son corps, et demeura ainsi l'œil attaché au parquet avec une fixité qui tenait presque de la folie.

Plantin était grotesque jusque dans sa douleur,

et pourtant Horace n'éprouva pas la moindre envie de sourire; il fut effrayé des symptômes graves par lesquels se révélait l'abattement de son valet.

— Plantin, lui dit-il d'une voix émue, que se passe-t-il donc, et pourquoi ne parles-tu pas ?... Ton silence redouble mon anxiété, et j'attends avec angoisse que tu veuilles bien t'expliquer.

Mais Plantin paraissait insensible aux remontrances de son maître, et à toutes ses paroles il ne répondait que par un branlement de tête obstiné.

— Un grand malheur, monsieur le comte, murmurait-il sans relever les yeux, un grand malheur !

Horace ne savait quoi penser ; il crut un instant que le pauvre Plantin avait perdu l'esprit; il le prit par le bras et le secoua rudement.

— Voyons, lui dit-il avec une douceur mêlée d'impatience, voyons, Plantin, mon ami, je t'en conjure, écoute-moi, réponds-moi, qu'est-il arrivé? As-tu vu madame de Méranges ?

Cette question parut ranimer Plantin : il releva vivement le front et son œil brilla.

— J'ai vu madame de Méranges, répondit-il, oui, monsieur le comte, je l'ai vue.

— Fort bien !... Et lui as-tu appris mon arrivée, mon désir d'aller au plus tôt l'assurer de mon respect et de mon dévouement ?

— Oui, monsieur le comte, j'ai tout dit cela à madame de Méranges.

— A merveille, et qu'a-t-elle répondu ?

— Elle n'a rien répondu...

— Elle n'a rien répondu ?... fit Horace étonné.

— Non, monsieur le comte, non... car la pauvre dame n'a plus sa pensée à elle, depuis qu'elle a été frappée si cruellement.

Et en parlant ainsi, Plantin prit son front à deux mains et fondit en larmes. Horace le regardait avec stupéfaction. Une secrète épouvante venait de s'emparer de lui ; depuis un moment, un frisson glacial courait le long de ses membres, et ses cheveux se dressaient d'horreur sur son front. Il ignorait tout, et craignait tout.

— Que monsieur le comte me pardonne, dit alors Plantin à travers les sanglots qui entrecoupaient sa parole, mais le spectacle de cette grande douleur m'a rendu presque fou... Ce matin, je suis parti pour me rendre rue Culture-Sainte-Catherine ; j'étais heureux, je ne sais pas pourquoi : je n'aurais pas dû l'être..... c'est mauvais signe... En arrivant rue Culture, je me suis informé de la demeure de madame de Méranges... On me l'a indiquée... j'y suis allé... En entrant, j'ai demandé madame de Méranges... Le suisse m'a à peine répondu..... J'ai poursuivi tout de même... La maison était déserte... J'ai traversé de grandes salles où l'on n'entendait rien... J'ai marché longtemps de la sorte, j'ai monté, j'ai descendu... Je ne rencontrais personne... Alors, je l'avouerai à monsieur le comte, j'ai eu peur... Je me serais demandé de quoi j'avais peur, que je n'aurais pu rien me répondre... mais c'est égal, j'avais peur... En passant devant une glace, je me regardai et je ne me reconnus pas... j'étais devenu pâle, la sueur tombait de mon front, mes jambes se dérobaient sous moi... J'ai cru un instant que le diable en voulait à mon âme, et je fis le signe de la croix !... Cela me redonna du courage, et je recommençai à courir... Enfin, j'arrivai à une chambre retirée dont je poussai la porte, et je vis...

— Que vis-tu ? s'écria Horace.

— Je vis madame de Méranges, reprit Plantin

après une pause ; elle était assise dans un fauteuil ; il y avait à côté d'elle une femme et un homme... Je m'avançai vers elle, je lui dis qui j'étais... cela parut lui faire plaisir, et alors elle me dit tout... que depuis quatre jours elle avait perdu sa fille...

— Angélique !

— Oui, monsieur le comte, mademoiselle Angélique de Méranges !...

— Morte ! fit Horace en retombant sur son lit.

— Non, enlevée ! répondit Plantin.

Horace fit un bond pour se relever, mais la douleur lui arracha un cri aigu, et le retint à sa place.

— Enlevée ! s'écria-t-il, Angélique, mademoiselle de Méranges...

— Oui, monsieur le comte, répéta Plantin.

— Et l'on ne connaît pas le ravisseur !...

— On ne le connaît pas...

— On n'a pas suivi ses traces ?...

— On ignore où il l'a conduite...

— N'importe je le saurai...

— On croit qu'il est puissant...

— N'importe, je le braverai...

— On craint qu'il ne soit difficile de l'atteindre...

— N'importe, je le tuerai !...

Horace était arrivé à un état d'exaltation furieuse, qu'augmentait encore l'impossibilité physique d'agir dans laquelle il se trouvait. En moins de dix minutes, il atteignit le paroxysme de l'impatience et de la colère : alors, il fit un nouvel effort sur lui-même, et sauta à bas de son lit.

La porte de l'appartement s'ouvrit au même instant, et Roger entra suivi d'un petit nègre—ce qui était un grand luxe à cette époque.

— Et pardieu, dit Horace en courant à lui dès qu'il le vit entrer, c'est le ciel qui vous envoie, mon cher comte, vous me trouvez dans le plus grand embarras et la plus cruelle anxiété.

— Comment cela ! demanda Roger étonné en remarquant sur le visage désolé de Plantin la trace récente de ses larmes, et sur celui d'Horace l'indice certain d'une douleur réelle.

— Je ne vous ai pas dit encore, poursuivit Horace, que ma mère n'a consenti à me laisser venir à Paris que sur la sollicitation de madame de Méranges...

— Madame de Méranges ! interrompit Roger.

— Vous la connaissez?

— Parlez ! parlez? répondit vivement Roger, je vous écoute.

Horace raconta alors en peu de mots ce qui était arrivé le matin même à Plantin ; il lui dit la douleur de madame de Méranges, la cause de cette douleur, le regret où il se trouvait de ne pouvoir agir efficacement pour rendre à la noble amie de sa mère l'enfant qu'on lui avait enlevée, et finit en demandant à Roger de vouloir bien l'aider dans cette circonstance, l'assurant qu'il se croirait assez amplement récompensé du service qu'il avait pu lui rendre.

Roger avait écouté ce récit avec des mouvements bien divers ; il avait pâli et rougi tour à tour, et quand Horace eut achevé, il lui tendit la main.

— Horace, lui dit-il avec une émotion qui faisait trembler sa voix, je savais toute cette histoire depuis quatre jours ; je me suis épuisé en recherches de toutes sortes, et je n'ai pu parvenir à découvrir la retraite où l'on retient la pauvre victime.

— Vous connaissez donc madame de Méranges ? demanda Horace.

— Non, répondit Roger, mais je connais Angélique.

— Et vous l'aimez ?

— Oui, monsieur le comte, je l'aime.

Horace se tut, et serra douloureusement la main que lui avait tendue Roger.

— Mais du moins, reprit-il bientôt, connaissez-vous le nom de son ravisseur ?

— Je le connais.

— Et il s'appelle ?...

— Marchant.

— Marchant, s'écria Horace en tressaillant.

— Qu'avez-vous ? fit Roger.

— Attendez donc... poursuivit Horace, Marchant !... Mais il était chez la Dubois.

— Précisément.

— Il se trouvait à côté de cette femme, quand vous m'avez provoqué...

— Cela est vrai !

Horace entraîna vivement Roger vers la fenêtre, et, lui montrant d'un doigt impérieux la fenêtre opposée :

— Roger ! s'écria-t-il avec une certaine solennité qui allait bien à la gravité de la situation, Roger ! mademoiselle Angélique de Méranges est là !...

Roger regarda, mais la fenêtre était en ce moment bien close, on ne pouvait rien distinguer à l'intérieur.

— D'où le savez vous? dit-il vivement à Horace; vous l'avez donc vue ? quand cela, comment ?...

Horace expliqua tout à Roger : son arrivée à Paris, le hasard qui l'avait rendu témoin de l'amère désolation et du sombre désespoir d'Angélique ; les révélations de Plantin, ses propres tentatives, tout enfin, jusqu'aux menaces de Marchant qui l'avaient un instant effrayé.

Pendant qu'il parlait, Roger l'écoutait des yeux, des oreilles et du cœur; une violence extrême contractait ses traits et précipitaient ses mouvements; il allait et venait à travers la chambre, tantôt s'arrêtant, tantôt courant à la fenêtre, se frappant le front, se meurtrissant la poitrine ; parfois il s'abandonnait à la colère la plus désordonnée, parfois il demeurait calme et sombre, et méditait.

Enfin, il parut devenir plus calme, sa colère se régla, les mouvements passionnés qui l'avaient agité s'apaisèrent ; il alla droit au jeune comte de Forsanz, et, tout en jetant un regard fulgurant sur la fenêtre, il lui dit :

— Le même coup nous frappe à la fois ; vous dans votre amitié pour la mère ; moi, dans mon amour pour la fille. Voulez-vous, Horace, que nous unissions nos efforts, et que nous cherchions ensemble à rendre Angélique à sa mère et à mon amour ?

— Si je le veux !... fit Horace.

— Alors, poursuivit Roger, nous n'avons pas de temps à perdre.

— Laissez-moi faire, interrompit Horace. Je ne connais pas Paris comme vous, mais j'ai assurément plus que vous ce qu'il faut pour de pareilles entreprises. La mission dont nous nous chargeons est périlleuse, mais on peut en venir à bout !... La Bastille nous attend, peut-être ; mais à coup sûr nous en retirerons la satisfaction d'un devoir accompli... Allons, c'est dit... Vous ne me connaissez que d'hier encore, mon cher comte ; mais laissez faire... vous me verrez à la besogne.

Horace fit une pause ; puis il reprit avec une assurance et un aplomb qui imposèrent à Roger ;

— D'abord, poursuivit-il, je vais me rendre chez madame de Méranges; ma blessure n'est pas assez grave pour m'empêcher de sortir; et d'ailleurs, puisqu'il le faut, il n'y a pas à hésiter... Je vais me rendre auprès de madame de Méranges. Pendant mon absence, Plantin fera le guet autour de la maison, et viendra vous avertir au cas où il surviendrait quelque nouvel événement. Quand à votre petit nègre, qui me paraît admirablement taillé pour la course, si, avant mon retour, vous aviez besoin de mon aide, vous me l'enverriez...

— A merveille!

— Vous êtes sûr de sa fidélité? ajouta Horace en désignant le petit nègre, qui fixait en ce moment sur lui deux yeux ardents.

— Comme de la mienne, répondit Roger.

— On peut parler devant lui?

— Il est sourd!

— Il n'y a pas de danger qu'il parle!

— Il est muet!

Les deux jeunes gens causèrent encore quelques instants; ils prirent prudemment toutes leurs dispositions afin que rien ne vînt à manquer, et quand tout fut bien convenu entre eux, Horace donna quelques soins à sa toilette, et ne tarda pas à s'éloigner. Il avait reçu de Roger et de Plantin tous les renseignements nécessaires pour ne pas s'égarer dans le trajet qu'il avait à faire du quai des Orfèvres à la rue Culture-Sainte-Catherine, de sorte qu'il prit assez bien la direction du Marais.

Cependant la nuit était venue, le temps avait changé, une petite pluie fine commençait à tomber et obscurcissait encore les rues. Le Paris d'alors était fort mal éclairé; il y avait même des rues qui ne l'étaient pas du tout. Horace se perdit plusieurs fois; mais à force de volonté, de patience et de sagacité, il parvenait toujours à rentrer dans la route qui lui avait été tracée. D'ailleurs, l'heure n'était pas déjà si avancée qu'il ne pût demander les indications nécessaires pour continuer son chemin.

Il arriva ainsi sur la place du Châtelet : une fois là, il parut hésiter.

Il regarda autour de lui et aperçut un homme qui, comme lui, venait de s'arrêter. Horace n'avait pas remarqué que cet homme le suivait depuis l'hôtel de la *Boule-d'Or*, réglant son pas sur le sien, pressant sa marche quand il pressait la sienne, s'arrêtant quand il s'arrêtait. Il fit quelques pas vers lui.

— Monsieur, lui dit-il avec toute l'aménité possible, connaissez-vous assez bien Paris pour m'indiquer mon chemin?

— Peut-être! répondit l'homme en essayant de déguiser sa voix.

Horace tressaillit... Il avait cru le reconnaître.

— Je suis ici sur la place du Châtelet, n'est-il pas vrai? reprit-il aussitôt.

— Assurément...

— Eh bien! quel chemin dois-je prendre maintenant pour me rendre rue Culture-Sainte-Catherine?

L'homme fit un mouvement, puis il regarda Horace :

— Ah! vous allez rue Culture-Sainte-Catherine, au Marais, lui dit-il, eh bien! tant mieux, je croyais que vous alliez autre part...

— Marchant! fit Horace en reconnaissant la voix qui lui parlait.

— Moi-même! répondit son interlocuteur; j'ai cru un moment que vous aviez rompu avec vos intentions de sagesse et de prudence, et j'étais sorti pour m'en assurer; mais je vois qu'il n'en est rien... Allons! c'est bien, je vous laisse...

Puis, il ajouta en s'éloignant :

— Rue Culture-Sainte-Catherine, au Marais, à droite, et puis tout droit; d'ailleurs, demandez sur votre route, on vous indiquera... la rue est connue...

Et Marchant reprit à la hâte le chemin qu'Horace venait de quitter.

Horace hésita un moment et se demanda s'il ne le rappellerait pas, pour se donner l'inappréciable agrément de lui passer son épée au travers du corps, mais il réfléchit que cet homme, quelque ignoble que fût son métier, exerçait autour de lui un empire mystérieux et terrible, et il le laissa s'éloigner. D'ailleurs, il comprit qu'il valait mieux se tenir vis-à-vis de cet homme dans une réserve prudente; c'était le seul moyen qui restât à Roger et à Horace d'agir efficacement.

Il poursuivit son chemin d'après les indications de Marchant, et cette fois, il arriva sans autre obstacle dans la rue Culture-Sainte-Catherine.

Mais la nuit était fort sombre, les réverbères ne jetaient qu'une pâle et indécise clarté sur les pavés glissants; Horace jugea nécessaire de longer les hôtels qui s'élevaient de chaque côté, afin d'arriver sûrement à celui qu'occupait madame de Méranges. Plantin avait mis un soin scrupuleux à en détailler la façade; il n'y avait donc pas possibilité de s'y tromper. Horace s'orienta de son mieux, et partit du bas de la rue, en longeant la droite et en regardant la gauche.

La rue était déserte ou à peu près; Horace avait jeté son petit manteau sur ses épaules pour les garantir de la pluie; il avait rabaissé son chapeau sur ses yeux; affublé de la sorte, il ressemblait assez bien à un coureur d'aventures. Cependant il était arrivé au milieu de la rue sans avoir encore remarqué l'hôtel Méranges, lorsqu'il se sentit tout-à-coup tiré par le pan de son manteau. Il se retourna et aperçut une femme.

— Monsieur cherche sans doute la demeure de madame la comtesse? lui dit cette femme à voix basse.

— Mais certainement, répondit Horace en balbutiant, pourriez-vous me l'indiquer ?

— Madame vous attendait, dit encore cette femme, et comme elle veut que tout le monde ignore votre visite, elle m'a chargé de venir vous recevoir... Vous voilà, suivez-moi.

Horace suivit machinalement.

Cette rencontre l'étonnait au dernier point. Madame de Méranges, avertie par l'arrivée de Plantin, avait-elle supposé que le comte de Forsanz dût venir le soir même se concerter avec elle sur les moyens à employer pour retrouver les traces d'Angélique ? Ces précautions étaient-elles prises dans le but de cacher à ses ennemis les démarches qu'elle pouvait tenter dans le but d'arriver à la complète réussite de ses projets ? Horace se perdait en conjectures.

D'abord il traversa une immense cour silencieuse. Il monta ensuite quelques marches et entra dans un vestibule faiblement éclairé.

La femme le précédait toujours sans proférer une parole ; il la suivait sans ouvrir les lèvres.

Il traversa ainsi plusieurs appartements, dont il put admirer l'élégant ameublement ; les appartements étaient, du reste, aussi déserts, aussi silencieux que la cour par laquelle il avait passé. Enfin il arriva à une dernière pièce qui paraissait être disposée pour servir de vestibule ou d'antichambre à un appartement qui communiquait à celui-ci par une porte à deux battants.

La femme ouvrit cette porte et invita Horace à entrer.

Il entra.

La chambre qu'il aperçut alors était petite, mais adorablement meublée. Tout ce que le luxe et le bon goût peuvent imaginer de plus gracieux, de plus coquet, de plus purement élégant se trouvait réuni dans cette pièce. Une femme était assise près de la fenêtre.

Au bruit que fit Horace en entrant, elle tourna nonchalamment la tête et poussa un cri de surprise et peut-être aussi de joie.

Horace leva les yeux et demeura stupéfait.

Cette femme était la comtesse Du Barry.

VIII

AMOUR.

Quelque temps avant l'arrivée d'Horace, la comtesse Du Barry, était accoudée sur son fauteuil, et elle rêvait!... D'abord sa rêverie avait été profondément triste et pleine d'amertume.

Elle pensait que la royauté qu'elle avait conquise par sa beauté, elle pouvait la perdre au premier jour; que si haut qu'elle fût placée, sa puissance ne venait que d'un caprice royal, et qu'un caprice royal pouvait la retirer : elle comptait le nombre sans cesse croissant de ses ennemis, et de quelque côté qu'elle se tournât, elle ne rencontrait pas un ami véritable; et puis, loin qu'elle fût étourdie elle-même par les succès qu'elle avait obtenus, par les triomphes éclatants qu'elle avait remportés, au milieu de ces fêtes féeriques qui se multipliaient sous ses pas, et la tenaient dans un enchantement éternel, bien qu'elle n'entendît de toutes parts autour d'elle que des concerts de louanges et de flatteries, cependant, à de certaines heures, quand elle se retrouvait seule en présence de ces splendides et silencieux témoins de son déshonneur, elle se prenait à regretter amèrement le temps, si éloigné déjà, de son innocence heureuse et chaste. Alors, elle pouvait encore se trouver belle sans honte, elle n'avait encore présenté son front pur qu'aux purs baisers de sa mère, et calme et sainte dans sa pudeur, jamais sa pensée ne s'était effrayée d'un remords ou alarmée d'un regret. Jeune, insouciante et folle, elle entrait dans la vie par les sentiers fleuris, et ces mille parfums de l'enfance qui l'encensaient sur la route ne parvenaient même pas à l'enivrer ; la jeune enfant ne songeait guère à l'avenir, elle portait en son cœur un riche trésor de candeur et de bonté : tous les nobles spectacles auxquels elle assistait, toutes les généreuses paroles qu'elle entendait, trouvaient un puissant écho en elle; elle ne s'imaginait pas alors qu'un jour viendrait, où elle romprait violemment avec les leçons d'honneur qu'elle avait reçues, où elle foulerait dédaigneusement aux pieds les vertus qu'elle avait courageusement aimées; mais la misère est mauvaise conseillère, et le vice a d'irrésistibles attraits pour les natures faibles.

Elle avait succombé, et succombé presque sans combat! Et puis, une fois emportée par le rapide tourbillon des passions mauvaises, elle ne s'était plus arrêtée; sans oser regarder ce qu'elle laissait derrière elle, elle avait suivi cette voix impérieuse qui l'appelait vers le monde des plaisirs, dans lequel elle n'avait pas tardé à perdre ce qui lui restait d'honneur et de vertu! Jamais, depuis bien longtemps, la comtesse ne s'était trouvée si méprisable à ses propres yeux, si déchue dans sa propre estime; les souvenirs d'un passé perdu pour toujours n'avaenit jamais eu pour elle cette saveur amère qu'elle leur trouvait en ce moment; elle s'étonnait elle-même, que le courage de l'indifférence qui l'avait soutenue jusqu'alors l'abandonnât ainsi tout d'un coup, et pour la première fois peut-être, elle désirait descendre du rang où l'amour du roi l'avait élevée!

Si le duc d'Aiguillon ou le comte Jean, son beau-frère, eussent pu la voir à cette heure, mélancoliquement appuyée sur le bras de son fauteuil, le regard rêveur fixé au parquet, l'âme plongée dans une sombre tristesse, certes ils n'eussent pas reconnu dans cette femme pâle, frêle et délicate, pieusement courbée sous le poids d'une douleur inconnue, la reine ardente et voluptueuse des plaisirs et des intrigues de Versailles, et ils l'eussent prise à coup sûr, l'un et l'autre, pour quelque statue de la Rêverie, oubliée par hasard dans la solitude d'un appartement depuis longtemps inhabité!...

Cependant à la vue de la comtesse Du Barry, Horace s'était arrêté interdit, la parole lui avait manqué, et il était resté debout au milieu de la chambre, ne sachant s'il devait avancer ou reculer.

Mais quand il vit la joie éclater en signes non équivoques sur la physionomie de la jeune femme, il reprit un peu d'assurance, et faisant quelques pas vers elle :

— Pardon, madame, lui dit-il, d'être venu vous déranger au milieu de votre solitude ; je comprends que je dois être importun, et je vais me retirer...

— Comment ! fit la comtesse en souriant de l'embarras d'Horace, à peine êtes-vous arrivé que déjà vous songez au départ ?

— Je n'y songe, madame, répondit Horace, que parce que, je le vois bien, ce n'est pas moi que vous attendiez.

La comtesse rougit légèrement, et comme si le doute qu'exprimaient les paroles d'Horace lui eût paru cruel, et qu'elle eût voulu le détruire, elle sonna vivement.

— Henriette, dit-elle aussitôt à la jeune caméristequi entra, et sans même tourner les yeux de son côté, ce n'est pas monsieur le comte que j'attendais.

— Comment, madame? balbutia Henriette interdite.

— Allons, ne te désole pas, mon enfant ; le mal n'est pas si grand qu'il aurait pu l'être ; mais dépêche-toi de retourner à ton poste, et cette fois ne te trompe pas !

Henriette sortit.

— Eh quoi ! dit Horace étonné, dès qu'Henriette se fut éloignée, ne craignez vous pas que la personne que vous attendez ne me rencontre ici ?

— Nullement, répondit la Du Barry.

— Alors, je puis rester auprès de vous ?

— Si vous le voulez...

— Oh ! c'est une faveur que j'achèterais de tout mon sang !

Horace prit un siége et alla s'asseoir auprès de la comtesse.

Il était vivement ému ; tout mon sang avait reflué vers son cœur, sa tête était en feu.

Horace aimait ; il aimait avec tout son cœur, toute sa pensée. Il avait vécu jusqu'alors sans ambition, ignorant les joies de l'amour, ne demandant à la vie que de les connaître un jour. Longtemps, dans le milieu où il s'était trouvé, son regard avait erré autour de lui, cherchant vainement dans la foule un noble cœur où il pût déposer tout ce que le sien possédait d'amour et d'adoration. Mais il n'avait rien trouvé encore qu'il eût jugé digne de lui ! pourtant, les désirs qui le sollicitaient de toutes parts, ces besoins étranges qui emplissaient sa poitrine prenaient chaque jour plus d'empire sur son esprit, et le poussaient à son insu vers un monde qu'il ne connaissait pas et dont il s'épouvantait à l'avance. Horace devinait que ce sentiment puissant qui s'était emparé de son cœur y ferait un jour une immense solitude, afin de pouvoir y régner seul et en souverain, et il était sans force pour résister à cet envahissement dont il remarquait les effets sans pouvoir en deviner la cause. Mais que lui importait après tout que son cœur se dépeuplât de tous les sentiments qui l'avaient habité jusqu'alors si ce nouveau sentiment suffisait à l'occuper tout entier ; que lui importait qu'ils mourussent l'un après l'autre, s'ils devaient revivre tous ensemble sous une seule et même expression.

Horace avait accepté sans murmure cette nouvelle vie, et il ne songeait pas même à essayer de rompre ce joug puissant que l'amour lui imposait !

— Mes pressentiments ne m'avaient pas trompé, dit Horace en s'asseyant ; depuis deux jours votre image ne m'a pas quitté, et je savais bien que je vous reverrais quelque jour...

— Et pourquoi n'en aurait-il pas été ainsi ? interrompit la jeune femme, vous n'aviez, je suppose, aucune raison de croire que je ne voulusse pas vous revoir...

— Cela est vrai, madame, et cependant je craignais que quelque obstacle ne vînt m'enlever ce bonheur.

— Le bonheur est-il donc si peu de chose? objecta la comtesse en oubliant son regard sur le front d'Horace.

— Et puis, poursuivit ce dernier, sans prendre garde à l'objection qui lui était faite, pourquoi ne m'auriez-vous pas oublié?.... Vous n'aviez pas emporté comme moi, de cette soirée, un souvenir brûlant? Le lendemain, vous vous êtes retrouvée calme et sereine comme la veille, et moi, le lendemain, je me suis réveillé pâle, sombre, agité, ému encore des dernières ardeurs de mes rêves! Vous madame, vous avez repris votre vie heureuse, insouciante et folle, et moi, moi, mon Dieu! un hôte inconnu, le doute, s'est assis à mes côtés et ne m'a plus quitté... et j'ai compris alors seulement combien la vie avait de douleurs et de souffrances ignorées...

La comtesse essayait de sourire, mais elle avait pâli, Horace s'en aperçut.

— Tenez, madame, reprit-il aussitôt, je suis un rude enfant de Bretagne, tel que vous me voyez ; je n'ai pas encore eu le temps de me faire aux usages de la ville, non plus qu'aux façons de la cour ; j'ai été élevé au milieu d'une nature vierge et vigoureuse, parmi des hommes qui croient en Dieu et qui prient les saints ! Mon langage vous étonne sans doute, et ma franchise vous déplaît peut-être... pardonnez-moi si cela est; car je ne suis pas coupable, croyez-le bien : je vous ai vue, je vous ai trouvée belle; je vous ai entendue me parler, et je vous ai trouvée bonne ; et dès ce moment, un dévoûment sans bornes a pris naissance dans mon cœur !... Oh ! ne m'en veuillez pas, madame, si mes paroles vous offensent !... mais, depuis hier, je porte en moi un secret qui me brûle la poitrine, et qui me tuera, cela est sûr, si je l'y garde encore longtemps.

La comtesse ne répondait rien, mais elle écoutait Horace avec une agitation qui augmentait à chaque parole ; son sein se soulevait avec précipitation, et elle paraissait ne pouvoir se décider à relever sa tête qui penchait nonchalamment sur son épaule.

— Horace, dit-elle enfin, après un silence de quelques minutes et d'une voix qui trahissait malgré elle toute son émotion, ce que vous dites est insensé, et je ne devrais pas vous écouter... vous ignorez sans doute quels devoirs sont les miens, et à quel lien je suis attachée ?

— Je ne l'ignore pas, répondit Horace.

— Vous me connaissez ! s'écria la jeune femme, dont la pâleur augmenta et qui se leva à cette révélation.

— Je vous aime !... répondit encore Horace.

La Du Barry retomba sur elle-même, cacha sa tête dans ses mains et fondit en larmes.

Horace savait quelle était cette femme méprisable dont elle-même avait honte... Et il venait de le lui avouer d'une façon délicate qui lui faisait sentir, plus cruellement encore, combien elle était peu digne d'un tel amour. En un moment, elle recouvra cette pudeur des saintes années de sa jeunesse, qu'elle avait oubliée depuis si longtemps, une rougeur subite se répandit sur son front, et elle chercha à se dérober tout entière aux regards du jeune comte. Horace comprit ce qui se passait en elle, et sa honte et ses remords, il devina tout... Il se rapprocha d'elle, et se pencha affectueusement sur son épaule.

— Pourquoi pleurez-vous ainsi ? lui dit-il doucement, pourquoi rougissez-vous, et avez-vous honte d'un passé qui est loin de vous, et dont vous n'êtes pas coupable ? Vous êtes jeune et vous êtes belle, les plaisirs ont été impuissants à ternir la pureté de votre âme ; l'amour ouvre sous vos pas une nouvelle existence pleine d'enchantements qui vous sont inconnus... Laissez-moi vous accompagner dans cette vie nouvelle qui commence, et, je vous le dis, vous ne vous repentirez jamais de vous être confiée à moi...

Et comme il vit que la jeune femme restait toujours dans la même attitude douloureuse :

— Enfant que vous êtes ! ajouta-t-il, vous vous faites, je le vois bien, un fantôme du passé, vous vous effrayez de vos souvenirs, et vous avez peur de la solitude silencieuse où vous vous trouvez ! Enfant ! enfant !!... Réunissez plutôt vos forces, et

8.

videz jusqu'au fond cette coupe divine dans laquelle l'amour va vous verser joyeusement l'oubli du passé et l'espérance dans l'avenir !... Si vous pouviez voir un instant quelle joie rayonne sur mon front, quel bonheur éclate dans mes yeux, quelle sainte extase resplendit sur mes traits, si vous pouviez lire dans mon cœur les chants célestes qui y sont gravés, vous ne songeriez plus à repousser l'amour que je vous offre, et vous béniriez le ciel de vous l'avoir envoyé pour vous aider à supporter les souvenirs d'un autre âge et peupler un jour la solitude de votre vieillesse !... Et qu'importe, après tout, à ceux qui aiment, poursuivit-il avec une sorte d'enthousiasme, qu'importe le passé ou l'avenir !... le passé n'existe que pour les misérables !... Non ! non ! croyez-moi, madame, le passé et l'avenir sont tout entiers pour moi, dans l'heure où je vous vois, où je vous parle, où je vous entends !...

Horace eût continué de parler, que la Du Barry n'eût pas songé à changer d'attitude, tant elle portait d'attention à sa parole. A mesure que le jeune comte parlait, ses remords et sa honte disparaissaient ; le calme et la paix rentraient dans son cœur, et elle renaissait elle-même à sa propre estime.

Quand il eut achevé, elle releva timidement la tête, et l'entourant d'un regard plein d'amoureuse vénération, elle glissa une de ses petites mains dans les mains d'Horace.

— Merci ! lui dit-elle, ma vie ne sera pas complétement déshéritée de la joie et du bonheur des âmes pures, vous m'avez appris qu'il y avait encore une manière d'être heureuse, je suivrai votre conseil... je crois qu'il est bon, puisque c'est vous qui me le donnez... et j'espère en lui comme je crois en vous... Oh ! vous êtes généreux, Horace, je serai peut-être heureuse, et je me réjouis d'avance à l'idée que je vous devrai ce bonheur ; j'ai eu bien souvent, au milieu de la vie que je mène, des heures de cruelle déception et de mortel découragement, maintenant, je n'en aurai plus... ou du moins si de pénibles pensées ou de terribles souvenirs viennent encore me visiter, eh bien ! je songerai à vous... je me rappellerai qu'il y a de par le monde un homme qui m'aime véritablement, un ami sincère et loyal, sur le bras et le cœur de qui je pourrai m'appuyer aux jours d'infortune; n'est-ce pas, Horace, vous le voulez bien; cette mission ne vous sera pas trop lourde ni rude à remplir, et par amour pour moi vous consentirez à oublier quelle femme je suis, et à ne jamais vous rappeler quelle femme j'ai été!...

— Oui, madame, répondit Horace avec une dignité grave, et s'il ne faut que beaucoup d'amour et de dévouement pour vous rendre heureuse, oh! vous le serez, soyez-en certaine, car mon cœur et mon épée sont à vous!...

La comtesse était entièrement rassurée; ils parlèrent longtemps de mille choses qui toutes ramenaient à leur amour... La Du Barry avait recouvré sa sérénité et son enjouement; elle riait, et oubliait qu'elle attendait une visite, et que cette visite tardait bien longtemps.

Horace raconta alors ses projets d'avenir : son départ de Bretagne, son arrivée à Paris, et le fatal événement qui était venu plonger madame de Méranges dans les larmes et la désolation.

Au nom de madame de Méranges, la comtesse arrêta Horace.

— Vous la connaissez ? lui dit-elle avec vivacité.

— C'est une amie de ma mère, répondit Horace.

— Et avez-vous vu sa fille ?

— Non, madame sa fille lui a été enlevé il y a quelques jours...

— Je le sais...

Roger de Villepreux et moi, nons nous sommes mis en campagne, et je crois, ou je me trompe fort, que nous sommes parvenus à découvrir sa retraite.

— Dites-vous vrai ?...

— Du moins, jusqu'à présent, tout me porte à le croire...

— En ce cas, vous allez m'être d'une grande utilité... Tout à l'heure va venir ici M. de Sartines ; vous resterez là, et vous ne perdrez pas un seul mot de la conversation que j'aurai avec lui. J'espère lui faire avouer tout ce qu'il sait, mais au cas où il voudrait nier, je vous ferai un signe et vous direz ce que vous avez appris.

Pendant quelques secondes encore, Horace et la comtesse attendirent l'arrivée du lieutenant de po-ice. Enfin, un bruit de pas se fit entendre dans la cour, et peu d'instants après, Henriette entrait dans la chambre.

— Madame la comtesse veut-elle recevoir M. le lieutenant de police ? dit Henriette.

— Oui, Henriette, faites entrer, répondit la comtesse.

M. de Sartines n'attendait que cet ordre. Dès qu'il fut donné, il parut.

— Madame la comtesse a désiré m'entretenir d'une affaire grave, dit-il en s'avançant au milieu de l'appartement. Je m'empresse de me mettre à sa disposition.

— Oui, monsieur de Sartines, répondit sèchement la comtesse, je désire vous entretenir d'une affaire que, à ce qu'il paraît, vous ne trouvez pas aussi grave que moi. Veuillez vous asseoir et m'écouter.

M. de Sartines fronça le sourcil à ce début, et sa perruque remua.

Néanmoins il s'assit et s'apprêta à écouter.

IX

COMPLICATIONS

M. de Sartines était un homme d'un type fort commun, qui n'avait jamais connu que deux sortes d'amour au monde, sa place et ses perruques, et l'on pouvait penser que si parfois il négligeait la première, ce n'était que pour mieux s'occuper des secondes.

A la vérité, sa place lui tenait fort à cœur, et dans cette position difficile où il cherchait de toutes ses forces à se maintenir, on ne peut dire quelles inquiétudes l'avaient agité, quels rêves terribles avaient troublé ses nuits ; jamais la paix sereine ne s'asseyait à son foyer, il n'était visité d'habitude que par les pensées les plus pénibles, et sa vie se passait à craindre ou pour les jours du roi, ou pour son existence propre.

Aussi, quand les devoirs de sa charge et les soucis qui s'y trouvaient attachés lui laissaient quelques moments libres, se réfugiait-il avec une joie sans seconde, dans l'appartement où reposaient ses chères perruques. L'appartement en était décoré du haut en bas : il y en avait de toutes les formes, presque de toutes les couleurs. C'était une académie parfaitement occupée. A ce propos, racontent les Mémoires du temps, M. le duc d'Ayen disait qu'il ne serait jamais en peine du conseil d'État, car, en cas de besoin, on le retrouverait en double chez le lieutenant de police. Le mot avait fait le tour de Paris et les délices de Versailles, et depuis, tout le monde connaissait la manie de M. de Sartines.

Le lieutenant de police portait donc une énorme perruque poudrée à blanc et frisée avec un soin extrême. L'émotion le rendait pâle ; il cherchait à se donner une contenance, en jouant avec son chapeau.

— J'ai appris, dit la comtesse dès que M. de Sartines se fut assis et qu'il parut décidé à l'écouter, j'ai appris que depuis quelque temps les Choiseul trament contre moi un complot qui a pour but de me donner une rivale dans le cœur du roi, et de me faire perdre ainsi la position que j'occupe. Je n'ai pas là-dessus des renseignements bien positifs, mais je saïs que le complot existe, et cela me suffit ; seulement, comme vous m'êtes dévoué, monsieur, du moins je le suppose, j'espère que le mystère avec lequel cette affaire a été conduite n'a pas été impénétrable pour vous, et que vous êtes en mesure de me donner les éclaircissements nécessaires.

La question était nettement posée, M. de Sartines ne pouvait éluder de répondre :

— Les personnes qui vous ont instruite, madame, répondit-il d'un air embarrassé, étaient sans doute mal informées, car les agents qui me sont attachés et me servent d'espions ne m'ont, jusqu'à présent, rien dit de semblable.

— Mais du moins avez-vous fait quelques recherches, objecta la comtesse ; certains bruits doivent être parvenus jusqu'à vous, vous avez dû ordonner des investigations ; je désire savoir quel en a été le résultat ?

— J'avouerai, répondit M. de Sartines, qui ne voulait pas tout nier, que quelques bruits sont venus jusqu'à moi ; je me suis hâté de les approfondir, et je puis assurer à madame la comtesse qu'ils sont sans fondement.

— En êtes-vous bien sûr ? demanda la Du Barry avec un sourire plein de malice et de gaieté.

— On ne peut plus sûr, repartit le lieutenant de police.

— Ainsi, poursuivit la comtesse en lançant à ce dernier un regard dont il ne remarqua pas toute l'ironie, de votre propre aveu, cette affaire n'a pas pas eu de suite, et n'a rien qui doive désormais m'inspirer des craintes pour l'avenir.

— En aucune façon, madame.

— Vous me certifiez que les Choiseul n'y songent plus...

— Assurément...

— Et qu'enfin je puis me reposer sur vous, comme par le passé, du soin de veiller à ma tranquillité.

— Soyez certaine d'avance, madame, que la confiance que vous aurez mise en moi ne sera pas trahie...

— Fort bien !...

M. de Sartines était persuadé en ce moment que la comtesse ne savait rien, qu'elle n'avait eu sur cette affaire que des renseignements à la véracité desquels elle ne croyait pas, et qu'en définitive les quelques paroles qu'il venait de dire avaient suffi pour la rassurer et éloigner d'elle les inquiétudes qui l'avaient un instant troublée. Il sourit d'aise, son front rayonna, sa perruque eut un tressaillement de contentement équivoque. Cependant M. le lieutenant de police s'était trop hâté de se réjouir, car la conversation ne tarda pas à changer complétement de tournure.

La comtesse reprit après une pause :

— Voyez pourtant, dit-elle avec un enjouement auquel un homme plus adroit que M. de Sartines se fût laissé prendre, voyez avec quelle facilité les bruits se répandent dans cette capitale ; moi, je les avais acceptés de bonne foi, et je ne sais à quoi il a tenu que je ne me sois crue perdue !

M. de Sartines fit un sourire et un geste de compassion. La comtesse le remarqua et sourit.

— Il faut avouer aussi, poursuivit-elle, que ces bruits avaient été lancés avec une assurance peu commune. La jeune fille que l'on me donnait pour rivale était jolie, jeune, innocente ; on l'avait enlevée exprès du couvent pour être plus sûr de la trouver pure ; elle portait même un nom illustre et aimé du roi ; rien enfin ne manquait à sa beauté non plus qu'à sa naissance. Vous avouerez que l'on pouvait trembler à moins.

M. de Sartines refit son sourire et son geste de compassion.

— Et puis, continua la comtesse, dont la voix devenait de plus en plus grave et sérieuse, on ajoutait une particularité qui rendait possibles toutes les suppositions : on disait que madame de Grammont était allée trouver le lieutenant de police de la part de Choiseul, et lui avait promis une somme de deux cent mille livres s'il consentait à ne pas ébruiter cette intrigue et à empêcher qu'elle ne vînt aux oreilles d'une certaine comtesse dont on craignait encore l'influence, bien qu'on espérât la lui ravir bientôt ; on assurait que le lieutenant de police avait accepté ces propositions ; que la jeune fille avait été arrachée des bras de sa mère et déposée en lieu sûr, à Paris même, en attendant qu'on pût la transférer dans la demeure où sont conduites les jeunes filles destinées aux plaisirs du roi... Les renseignements s'arrêtaient là, et l'on n'avait pu encore découvrir la retraite de la pauvre enfant !...

M. de Sartines retournait son chapeau dans tous les sens ; sa perruque tenait à grand'peine sur sa tête.

La comtesse Du Barry mettait à le pousser dans ses derniers retranchements une malice cruelle d'enfant et de femme ; elle se réjouissait intérieurement de l'embarras croissant auquel le lieutenant de police se trouvait abandonné, et attendait avec une joie impatiente qu'il sortît enfin de son silence.

Horace prenait un vif plaisir à cette petite scène pleine de lutineries gracieuses et de malignes évolutions ; il ne pouvait se lasser de regarder et d'admirer la jeune comtesse, qui, l'œil animé d'une belle colère, le regard altier, les lèvres légèrement retroussées par un ironique sourire, attendait, dans une attitude quasi-royale, le résultat des réflexions auxquelles le lieutenant de police paraissait se livrer.

Ce dernier releva enfin la tête, et fixant timidement la comtesse, qui resta froide et calme devant ce regard suppliant :

— Il semble résulter, madame, dit-il, de ce que vous venez de m'apprendre, que vous en savez beaucoup plus sur cette affaire que vous ne me l'aviez d'abord laissé croire.

La comtesse fit un signe affirmatif.

— En ce cas, poursuivit M. de Sartines en étouffant un soupir, je ne puis que répéter à madame la comtesse les paroles que je lui ai dites tout à l'heure, et je lui affirme que cette affaire...

— M. de Sartines, interrompit impétueusement la comtesse, à l'heure qu'il est, je suis encore toute-puissante, et je vous assure que mon influence sur l'esprit du roi n'a pas baissé ; ni vous ni les Choiseul ne me faites peur ; ainsi répondez-moi avec franchise et sans arrière-pensée : est-ce moi ou les Choiseul que vous voulez servir ?...

Toute parole qui allait droit au but et exigeait une réponse franche embarrassait singulièrement

M. de Sartines. Il essaya de balbutier une excuse, et se trouva arrêté dès le début.

— Je ne demande pas de réponse insignifiante, repartit la Du Barry d'un ton sévère, un mot seulement : est-ce moi ou les Choiseul que vous voulez servir ?

— C'est vous, madame, répondit M. de Sartines.

— Je prends acte de cette déclaration, poursuivit la jeune femme, et rappelez-vous, monsieur, si vous veniez un jour à manquer à votre parole, que madame de Pompadour a envoyé de plus puissants gentilshommes que vous à la Bastille !

Puis elle ajouta aussitôt d'une voix ferme :

— La jeune fille sur laquelle les Choiseul ont fixé les yeux s'appelle Angélique de Méranges ; c'est Marchant, l'âme damnée du ministre déchu, et le pourvoyeur ordinaire du roi, qui l'a enlevée de l'hôtel de sa mère, situé rue Culture-Sainte-Catherine : il y a quatre jours que cette enlèvement a eu lieu, et la jeune fille est encore à Paris...

— Mais où la trouver ? objecta le lieutenant de police, qui ne pouvait se résoudre à accepter sa défaite.

— Monsieur le comte de Forsanz vous l'indiquera, répondit la comtesse en désignant Horace.

M. de Sartines ne pouvait plus reculer ; il promit tout ce qu'on exigea de lui. La comtesse lui ordonna de rendre, dans le plus bref délai, la jeune fille à sa mère, et il le promit. Elle lui enjoignit de chercher un moyen de punir Marchant du zèle qu'il mettait à servir les intérêts des Choiseul, et il le promit encore. Elle lui recommanda de ne plus se mêler de ces sortes d'intrigues, s'il tenait quelque peu à ne pas encourir sa disgrâce, et il le promit toujours !...

Et quand enfin il ne put plus arguer d'ignorance, il se leva, et saluant profondément la comtesse :

— Madame, lui dit-il en prenant et baisant la main que la comtesse lui tendait en signe de réconciliation, je me range désormais sous votre bannière, et je puis vous assurer que vous n'aurez plus aucun motif de plainte contre moi.

— Empêchez qu'elle arrive à Versailles, répondit la comtesse, et je vous pardonne la conduite que vous avez tenue dans cette circonstance.

M. de Sartines salua de nouveau, et se dirigea vers la porte.

Mais la porte venait de s'ouvrir, et Henriette s'était précipitée dans la chambre.

— Qu'y a-t-il ? demanda la comtesse.

— Le comte de Gonesse ! répondit Henriette avec un effroi singulier, qui parut gagner la Du Barry.

Elle pâlit légèrement.

— Restez ! dit-elle à M. de Sartines, qui s'arrêta subitement.

Puis se penchant à l'oreille d'Horace :

— Vous êtes venu avec le lieutenant de police, ajouta-t-elle vivement, ne vous effrayéz de rien, et faites bonne contenance...

— Qu'arrive-t-il donc ? demanda Horace.

— Ce n'est rien... répondit la Du Barry, mais ne vous embarrassez pas, ou je suis perdue...

— Perdue, répéta Horace, qui cherchait à deviner ce qui allait se passer ; mais quel est donc ce comte de Gonesse ?...

— Le roi !... taisez-vous !...

La comtesse reprit bientôt sa sérénité, et revint s'asseoir avec calme à la place qu'elle avait quittée.

Horace était resté interdit, et demeurait cloué à son fauteuil, n'osant lever les yeux ni sur la comtesse, ni sur M. de Sartines, et encore moins sur la porte au seuil de laquelle il s'attendait à chaque instant à voir le roi apparaître.

M. de Sartines observait cette petite comédie, et se dédommageait en souriant des inquiétudes qu'il avait éprouvées quelques minutes auparavant.

Enfin, un mouvement se fit entendre dans les appartements contigus; la porte s'ouvrit à deux battants, et le roi parut!...

Il passa auprès de M. de Sartines qui s'inclina, auprès d'Horace qui s'inclina également, et, arrivant à la comtesse Du Barry, qui était restée plongée dans son fauteuil, il lui prit la main et déposa un baiser sur son front.

— J'avais hâte de vous revoir, comtesse, lui dit-il et de venir vous troubler dans votre solitude.

Puis, se tournant tout à coup vers M. de Sartines, et arrêtant son regard sur Horace :

— Quel est ce jeune homme? ajouta-t-il en s'adressant à la comtesse, il ne me semble pas l'avoir jamais vu... le connaissez-vous?

— Il est venu avec M. de Sartines, répondit la comtesse, c'est le jeune comte de Forsanz.

— Le comte de Forsanz! fit le roi, ah! j'ai beaucoup connu son père... un cœur loyal et dévoué... excellente noblesse... Et y a-t-il longtemps qu'il est à Paris? pourquoi ne l'ai-je pas vu à la cour, encore?

— Je l'ignore, repartit la comtesse. M. le comte me disait tout à l'heure qu'il était à peine arrivé depuis quatre jours.

— Il est bien, ce jeune homme, interrompit Louis XV, et s'il veut entrer dans mes mousquetaires, nous le ferons avancer.

Ce petit dialogue avait eu lieu à voix basse; Horace ni M. de Sartines n'en avaient rien entendu.

— Messieurs, leur dit enfin la comtesse Du Barry, je me trouve maintenant suffisamment éclairée sur l'affaire dont je vous ai entretenus, j'aurai le plaisir de vous revoir une autre fois...

M. de Sartines et Horace allaient se retirer lorsque le roi, se ravisant, se retourna vers ce dernier :

— Restez, monsieur le comte, lui dit-il, j'ai à vous parler; quant à vous, monsieur de Sartines, ajouta-t-il en s'adressant au lieutenant de police qui déjà se tenait sur le seuil de la porte, vous pouvez vous retirer et aller à vos affaires, je ne vous retiens pas!

Le lieutenant de police balbutia une réponse et sortit.

Horace avait pâli et rougi et chancelé; mais depuis quelques jours qu'il habitait la capitale, il avait déjà appris à se rendre maître de ses sensations, et, passé le premier moment, il redevint calme et soutint avec une contenance assez ferme le feu des regards du roi.

Il ignorait d'ailleurs complétement ce que l'on pouvait vouloir de lui; d'abord il vint à penser que Marchant avait pu le trahir et parler de la scène qui s'était passée chez la Dubois, et alors il trembla pour l'avenir de la comtesse; ensuite, il crut que le bruit de son duel était parvenu jusqu'aux oreilles du roi, et il s'apprêta à essuyer une remontrance sévère; enfin, il se dit que ce n'était peut-être de la part de Sa Majesté qu'un simple mouvement de curiosité, et cette supposition ne l'aida pas peu à se rassurer.

Dès que M. de Sartines eut refermé la porte derrière lui, et que le bruit de ses pas se fut éteint peu à peu dans la cour, le roi se mit à marcher à travers la chambre, en jetant de temps en temps un regard inquiet sur Horace et sur la comtesse. Après plusieurs tours rapides exécutés de la sorte, il s'arrêta enfin devant le jeune comte :

— Monsieur le comte, dit-il d'une voix brève, j'ai beaucoup connu votre père dans ma jeunesse, et je l'ai beaucoup aimé ; c'était un gentilhomme dévoué et qui n'a jamais donné à son roi que des conseils dignes de lui ; je l'ai regretté quand je l'ai perdu, et j'ai pensé souvent que Dieu ne m'aimait pas, puisqu'il me l'avait enlevé.

Après ce début, le roi fit une pause, et se remit à parcourir la chambre.

La comtesse Du Barry ne savait trop ce que ce début signifiait, et elle en attendait la suite avec anxiété.

— J'ai contracté envers votre père, monsieur, dit-il, une dette que je veux acquitter envers son fils ; il ne tiendra donc qu'à vous de faire votre chemin, si vous voulez dignement remplacer celui que j'ai perdu.

— Je suis prêt à mériter la haute faveur dont Votre Majesté veut bien m'honorer, répondit Horace.

La comtesse connaissait le roi, elle attendit.

— Un comte de Forsanz peut beaucoup espérer, poursuivit ce dernier, quand il a l'estime de son roi ; j'ai pensé d'ailleurs que la Bretagne avait eu bien à souffrir sous le duc d'Aiguillon, et que ce ne serait peut-être pas trop de lui donner en dédommagement un de ses enfants pour la gouverner...

— Sire !... s'écria Horace, un tel honneur, à moi !

Horace devint pourpre de joie, la comtesse pâlit... elle commençait à deviner.

Quand le roi revint cette fois se placer en face d'Horace, sa figure était sévère et son œil impérieux ; sa voix prit une intonation encore plus brève :

— Monsieur le comte, dit-il, vous partirez pour la Bretagne, dès que vos affaires seront terminées à Paris ; seulement, comme il faut qu'un gentilhomme qui va occuper une position aussi importante s'y présente entouré de la considération et de la confiance publiques, comme vous êtes d'ailleurs bien jeune pour le haut emploi que je remets entre vos mains, vous devrez songer à vous marier avant de vous éloigner.

— Moi, sire! fit Horace stupéfait, me marier!

— Oui, monsieur le comte...

— Mais arrivé à Paris depuis quatre jours, je n'y connais personne...

Horace croyait se sauver par cette réponse; elle le perdit.

— N'est-ce que cela! repartit le roi, j'y ai songé pour vous!

— Comment! Votre Majesté... a eu la bonté...

— Oui, monsieur le comte; cela vous étonne... je vous ai choisi une femme.

— Et puis-je savoir?... balbutia Horace.

— Quelle est cette femme? interrompit le roi.

— Oui, sire!

— Cette femme est mademoiselle Angélique de Méranges!...

Horace ne put s'empêcher de pousser un cri, en entendant nommer Angélique; il regarda la comtesse; elle s'était rejetée dans son fauteuil et tenait un doigt sur ses lèvres closes.

Le roi continuait sa promenade à travers la chambre. Il ne prit pas garde au mouvement d'Horace, et ne le regarda plus. Cependant le jeune comte demeurait plongé dans une anxiété profonde, et se demandait vainement quel parti il lui restait à prendre. A aucun prix, il ne voulait accepter le rôle qu'on lui offrait de jouer; sa loyauté se révoltait au seul souvenir des propositions qu'on lui avait faites, et toute sa force était à peine suffisante pour contenir l'indignation qui montait de son cœur. Enfin, la terreur passagère qui s'était emparée de son esprit se dissipa; il reprit assez d'empire sur lui-même, et fit quelques pas vers le roi :

— Sire, lui dit-il d'une voix ferme quoique émue, je suis véritablement confus de la bienveillance que Votre Majesté me témoigne, et c'est avec un bien vif regret que je me vois dans la nécessité de refuser la haute faveur dont elle m'honore.

— Qu'est-ce à dire? fit le roi, qui s'arrêta tout court et releva la tête, trouvez-vous que je ne fasse pas assez pour votre famille, monsieur le comte ?

— Me préserve le ciel de tenir un pareil langage, répondit Horace avec la même fermeté; mais Votre

Majesté met à sa faveur des conditions que je ne puis accepter.

— Ainsi, vous refusez! dit le roi, dont le regard s'attacha au jeune comte avec ténacité.

— Que Votre Majesté me pardonne, balbutia Horace; mais il m'est impossible d'accepter.

Un silence terrible succéda à ces paroles.

Le roi réfléchissait, la comtesse tremblait, Horace était ferme et résolu.

— C'est bien, dit tout à coup le roi, je n'oublierai pas votre refus, monsieur le comte; vous pouvez vous retirer.

Horace sortit agité de sentiments bien différents de ceux qui l'avaient saisi en entrant.

Le roi continua pendant quelque temps encore de marcher sans mot dire; puis, enfin il s'approcha de la comtesse encore toute émue.

— Chère comtesse, lui dit-il en souriant d'un air contraint, voilà un jeune homme qui, avant deux jours, couchera à la Bastille.

X

CE QUE C'ÉTAIT QUE LE PETIT LA VRILLIÈRE.

Pendant que ces choses se passaient rue Culture-Sainte-Catherine, à Paris, une scène d'un genre non moins intéressant se passait à Versailles, chez celui que l'on appelait à cette époque *le petit La Vrillière.*

Il était huit heures du soir environ, le duc de La Vrillière se trouvait dans son cabinet de travail, occupé à mettre en ordre quelques papiers éparpillés devant lui. — Il arrivait de Paris. — Le duc était superbement vêtu, poudré, frisé avec soin, et cependant il travaillait avec une ardeur extrême.

Le petit La Vrillière était secrétaire d'État, et avait spécialement la charge d'envoyer à la Bastille ceux que le bon plaisir du roi ou des ministres lui désignait. Il remplissait son emploi avec une exactitude digne des plus grands éloges.

C'était, au surplus, le plus effronté voleur qui jamais ait eu le maniement des affaires de l'État. Sans dignité, sans noblesse, d'une avidité sans bornes, il faisait un commerce révoltant des lettres de cachet, qui étaient une partie considérable de son département. Ceux qui voulaient se débarrasser d'un père, d'un frère, d'un mari, n'avaient qu'à s'adresser à lui, il vendait sans pudeur la signature du roi à tous ceux qui la lui pouvaient payer comptant.

Le petit La Vrillière vivait avec une dame de Langeac, vieille femme qui ne contribuait pas peu à l'aigreur de son caractère et à la méchanceté de ses actes.

Le duc était donc avare, cupide et méchant, trois passions qu'il trouvait facilement à satisfaire dans l'emploi qu'il occupait. Il recevait de l'or, n'en donnait jamais et envoyait une foule de malheureux à la Bastille.

Aussi sa figure était-elle sans cesse rayonnante, et l'on pouvait lire à tout instant de sa vie, dans ses yeux, la satisfaction qu'il retirait de l'accomplissement régulier de ses fonctions.

Son cabinet était grand, nu et froid. Le petit duc compulsait ses papiers et apportait une attention particulière à ne pas tacher les riches habits dont il était revêtu.

C'était son luxe, sa seule dépense.

Un domestique entra et lui remit un billet.

Le duc l'ouvrit, et, se tournant vers le valet, il lui dit : Faites entrer.

Il mit en même temps de côté les papiers qu'il était occupé à feuilleter, et, prenant un livre sur la table, il attendit.

La porte s'ouvrit aussitôt, et Marchant entra.

Quel bon vent vous amène? dit-il dès qu'il l'aperçut; auriez-vous déjà fait usage de la lettre de cachet que je vous ai délivrée il y a deux jours?

— Non, pas encore, répondit Marchant, c'est une autre affaire qui m'a décidé à venir vous trouver; je viens vous demander un petit service...

— Ah! ah! fit La Vrillière, très-bien, très-bien, prenez un siége, asseyez-vous et parlez...

Marchant s'assit et se composa de son mieux un maintien franc et ouvert ; il scruta du regard les papiers que le petit duc venait de repousser sur la table, fit de la même façon le tour de l'appartement, et soutint assez bien l'examen que La Vrillière faisait en ce moment de sa personne.

Mais il avait affaire à forte partie. Maître La Vrillière avait vu plus d'un visage pâlir, plus d'une conscience se troubler, plus d'une audace chanceler sous son regard inquisiteur ; il enveloppa Marchant, épia ses moindres gestes, estima ses plus simples mouvements, et, avant qu'il eût dit un mot, il savait déjà le motif qui l'amenait.

Marchant connaissait bien l'adresse de son adversaire ; il l'avait assez souvent fréquenté et avait obtenu de lui assez de services qu'il avait payés fort cher, pour ne point s'exposer innocemment à être dupé. Il se sentit deviné, et se hâta de changer de batterie.

— Mon cher duc, dit-il de l'air le plus dégagé du monde, le motif de la visite que je vous fait à cette heure vous prouvera, je l'espère, combien je vous porte amitié, et avec quel empressement je saisis toutes les occasions de reconnaître les bons offices que vous m'avez rendus...

La Vrillière le regarda avec étonnement; il ne comprenait pas...

— Les affaires sont dans la meilleure voie possible, poursuivit Marchant sans prendre garde à son interlocuteur, la petite, après avoir bien pleuré, bien crié, bien supplié, est tombée dans un état d'insensibilité complète, qui permet d'en faire ce que bon nous semblera. Ce soir nous l'emmenons à Versailles.

— Ah! fit le petit duc, et son amant?... Vous l'emmenez à la Bastille!

— Peut-être! répondit Marchant.

— Peut-être, dites-vous? Pourquoi donc ces ménagements?...

— Parce que je n'ai qu'une lettre de cachet, et qu'ils sont deux.

— Deux amants!... diable!...

— Non! un amant et un ami...

— Fort bien! je vois ce que c'est; et vous désirez une seconde lettre?

— Précisément.

— Cela est facile... D'ailleurs, c'est pour le service du roi... Je vous la délivrerai au même prix que l'autre...

— C'est trop cher ! dit Marchant ; je n'ai plus d'argent.

— Bah ! laissez donc, repartit le petit duc en clignant de l'œil, vous êtes plus riche que nous, et l'abbé Terray ne vous laissera jamais manquer d'argent. Voyons, est-ce dit ?

— Non ! répondit Marchant, c'est impossible... je ne donnerai que la moitié.

— Alors qu'ils soient libres ! s'écria La Vrillière, et gare le scandale !

Marchant ne bougea pas ; La Vrillière crut qu'il était devenu sourd.

— Savez-vous, ajouta-t-il, que les deux jeunes gens réunis pourront vous tailler de la besogne !

— Oh ! oh ! fit Marchant d'un air incrédule.

— L'un est riche, l'autre est entreprenant, d'après ce que vous m'avez dit vous-même ; ils sont nobles tous deux, tous deux sont jeunes ; cette affaire pourrait bien avoir de fâcheuses suites...

Vous savez que le roi n'aime pas le scandale et redoute le bruit !...

— Oui ! oui ! dit Marchant avec légèreté, mais nous y aviserons ; nous saurons les empêcher de parler.

— Je ne connais qu'un moyen...

— Lequel !

— La Bastille.

— Je n'en veux pas d'autre !

— Comment vous y prendrez-vous ? Vous n'avez qu'une lettre...

— Ceci est mon affaire, acceptez-vous ma proposition ?

— Nullement.

— Alors, jusqu'au plaisir.

— Vous partez ?

— A l'instant, je n'ai pas une minute à perdre.

Marchant s'était levé : le petit duc l'avait imité.

Son avarice et sa cupidité étaient mises à une bien rude épreuve ; d'une part, il ne pouvait se résoudre à accepter la réduction que lui offrait Marchant ; d'autre part, il craignait de tout perdre en continuant de se montrer exigeant.

Jusque-là Marchant avait admirablement joué son rôle, mais il était arrivé au moment le plus difficile de sa petite comédie improvisée, et il commit une faute qui compromit ses intérêts.

— Et où allez-vous de ce pas ? demanda le petit La Vrillière d'un ton d'indifférence parfaitement jouée.

— Chez M. de Sartines, répondit Marchant.

— Ah ! reprit La Vrillière après un moment de repos pendant lequel ses yeux s'étaient écarquillés, et un sourire fauve avait passé sur ses lèvres, ah ! vous allez chez M. de Sartines !

— A l'instant.

— Eh bien, mon cher Marchant, si par hasard vous ne trouviez pas M. de Sartines chez lui, ayez soin de pousser jusqu'à la rue Culture-Sainte-Catherine, et vous l'y trouverez bien certainement.

— Chez la comtesse ? fit Marchant.

— Précisément.

— Elle l'a fait appeler ?

— Je me trouvais chez le lieutenant de police, quand un valet de la comtesse est venu le chercher.

— Dites-vous vrai ?

— Vous vous en assurerez.

— Alors elle sait tout ?

— C'est probable.

— Et je suis perdu !

— C'est bien possible.

De rouge qu'elle était, la verrue de Marchant devint d'un blond séraphin : il s'assit pour ne pas tomber.

Le petit duc riait dans son ventre ; il alla à la fenêtre et fredonna assez galamment le couplet suivant fort en vogue à la cour :

> Que Grammont tonne contre toi,
> La chose est naturelle.
> Elle voudrait donner la loi
> Et n'est qu'une mortelle.
> Il faut, pour plaire au plus grand roi,
> Sans orgueil être belle.

Les vers sont mauvais, mais le petit duc s'en souciait fort peu : il revint prendre sa place, et attendit que Marchant voulût bien rompre le silence.

Mais celui-ci songeait à bien autre chose, et il avait l'esprit trop occupé pour reprendre la conversation.

La Vrillière se leva de nouveau ; il retourna à la fenêtre et se mit à fredonner de nouveau :

> N'est-ce pas grand dommage
> Qu'une fille aussi sage,
> Au printemps de son âge,
> Soit réduite au trépas ?...

A vrai dire, le petit duc était enchanté de ce qui arrivait à Marchant. Il ne lui avait jamais porté une profonde affection ; il savait qu'il était secrètement dévoué aux Choiseul, et le petit La Vrillière détestait les Choiseul de tout son cœur ; ceux-ci, du reste, le lui rendaient bien : du temps qu'ils tenaient encore le pouvoir, ils avaient lancé contre le secrétaire d'État et contre sa maîtresse une épigramme qui avait occupé la ville pendant plus de huit jours. On feignait que le vieux duc eût demandé en mariage mademoiselle de Polignac, jeune et jolie personne, et que la vieille de Langeac en eût conçu un dépit mortel :

> Des cafés de Paris l'engeance fablière,
> Qui raisonne de tout *et ab hoc et ab hac,*
> Sur ces prédictions rédigeant l'almanach,
> Donne pour femme à La Vrillière

La fille du beau Polignac.
Ah ! si jamais l'ingrat avait cette pensée,
S'écria *Subretin*, se frappant l'estomac,
J'étranglerais, comme une autre Médée,
Tous ces Phillippotins, soi-disant de Langeac.

Subretin était le premier nom qu'avait porté madame de Langeac.

L'épigramme était, dit-on, de Delille. Ce n'était pas trop mal pour un abbé.

— Eh bien, dit tout à coup le petit duc en s'apercevant que Marchant venait de se lever, vous n'allez pas chez M. de Sartines ?

— Non, répondit Marchant, j'ai réfléchi, je change d'idée...

— Ah !

— Décidément, j'aime mieux avoir affaire à vous...

— Ah ! ah !

— Mais vous comprenez ma position, tout dépend désormais de la célérité que je vais apporter... un instant de retard peut tout perdre... Voyons, combien voulez-vous de cette maudite lettre ?

— Dix mille livres, répondit le petit duc avec une extrême et touchante simplicité.

— Dix mille livres ! s'écria Marchant, mais c'est le double de ce que vous demandiez d'abord...

— Vous vouliez me réduire de la moitié ; il y a certes de la générosité à moi de ne vous demander que le double.

— Est-ce donc votre dernier mot ?

— C'est mon dernier mot.

— Allons, il faut passer par où vous voulez.

Marchant compta la somme demandée ; La Vrillière la prit et la fit disparaître dans un tiroir.

— Et maintenant, dit-il à Marchant, à quelle heure voulez-vous que je vous envoie la petite lettre ?

— Dans une heure, répondit Marchant.

— Diable ! ce sera difficile : le roi est à Paris.

— Je le sais... je l'ai vu.

— Et il se pourrait faire qu'il ne rentrât que fort tard à Versailles.

— Il faut cependant que cette lettre soit lancée ce soir.

— Vous emmenez donc la petite ?

— Dans une heure.

— Allons, allons, nous ferons en sorte de vous satisfaire ; d'ailleurs le roi ne pourra pas me refuser sa signature pour un motif si naturel.

— Je compte sur vous, dit Marchant.

— Comme sur vous-même, mon ami, répondit le petit La Vrillière.

Marchant monta immédiatement en voiture, et dit au valet qui fermait la portière :

— Ventre à terre jusqu'à Paris !

La voiture partit au galop.

Le duc rentra dans son cabinet, et pendant qu'il rédigeait la lettre de cachet que Marchant était venu lui demander, il murmura entre ses dents le quatrain suivant, nouvellement composé, à l'occasion de la nomination du chancelier Maupou au grade de chevalier des ordres du roi :

Ce noir visir, despote en France,
Qui pour régner met tout en feu,
Méritait un cordon, je pense,
Mais ce n'est pas le cordon bleu.

Le petit duc avait, comme on le voit, la mémoire

ornée. Quand il eut fini sa besogne, il alla voir madame de Langeac. C'était un spectacle qui ne le réjouissait pas toujours.

Si le lecteur a pris quelque intérêt à ce récit, il doit sans contredit être désireux de savoir ce que sont devenus Horace et Roger.

Nous avons laissé Horace au moment où il sortait de chez la comtesse Du Barry, encore tout ému des paroles de Sa Majesté, et épouvanté des conséquences terribles que pouvait entraîner son refus d'obéir aux propositions du roi. Il ne songeait plus ni à madame de Méranges, ni à Angélique, ni à Roger... Il songeait à la pauvre comtesse, qu'il lui fallait abandonner; il songeait à sa mère, qui mourrait de chagrin s'il était jeté à la Bastille; à sa sœur Agnès, qui resterait seule au monde s'il venait à lui manquer.

Toutes ces pensées étaient entièrement dépourvues de charme; Horace baissait la tête et marchait à pas lents en traversant la cour. Quand il se retrouva dans la rue, c'est à peine s'il reconnut son chemin. Il se dirigea vers la demeure de madame de Méranges.

En arrivant près de l'hôtel, il heurta dans l'ombre quelque chose de noir et de frisé. Il se baissa et reconnut Samuel, le petit nègre de Roger.

Samuel lui fit certains signes auxquels il ne comprit rien, vraisemblablement parce que l'obscurité l'empêchait de les voir; il l'entraîna sous un réverbère et l'engagea à recommencer. Le nègre recommença la même pantomime, mais Horace ne fut pas plus avancé; il ne comprenait pas davantage. Cependant, comme il s'aperçut que Samuel manifestait le désir de marcher, il lui fit signe d'aller en avant.

Samuel marcha et Horace le suivit.

Ils arrivèrent ainsi à la *Boule-d'or*.

Le comte de Forsanz se rappela seulement alors qu'il avait recommandé à Roger de lui envoyer Samuel, au cas où quelque chose d'extraordinaire viendrait à se passer.

Il monta les escaliers quatre à quatre et se précipita dans sa chambre.

Un spectacle singulier l'y attendait.

FIN DU PREMIER VOLUME.

Clichy.—Impr. Maurice Loignon et Cie, rue du Bac-d'Asnières, 12.

Bibliothèque à 1 franc le volume

VOLUMES PARUS :

CLÉMENCE ROBERT.

Les quatre Sergents de la Rochelle. . . . . 1 vol.
Mandrin. . . . . 1 vol.
La duchesse de Chevreuse. 1 vol.
Le Poëte de la Reine. . . 1 vol.

MÉRY.

Héva. . . . . 1 vol.
Un Mariage de Paris. . . . 1 vol.
Le Bo... vert. . . . . . . 1 vol.
La comtesse Hortensia. . . . 1 vol.
Un Amour dans l'avenir. . 1 vol.
La Guerre de Nizam. . . . 1 vol.
Le Dernier Fantôme. . . . 1 vol.
Les Deux Amazones. . . . 1 vol.
La Juive au Vatican. . . . 2 vol.
Saint-Pierre de Rome. . . 1 vol
Le Transporté. . . . . . 1 vol.
Un Carnaval de Paris. . . 1 vol.

ÉLIE BERTHET.

La Mine d'or. . . . . . . 1 vol.

EMMANUEL GONZALÈS.

Les Frères de la Côte. . . 1 vol.
Ésaü le lépreux. . . . . . 1 vol.
Le Prince noir. . . . . . 1 vol.
Les deux Favorites. . . . 1 vol.
La Table d'or. . . . . . . 1 vol.

MOLÉ GENTILHOMME.

Les Demoiselles de Nesle. 1 vol.

M. DE SAINT-GEORGES.

L'Espion du grand monde. 2 vol.
Un Mariage de prince. . . 1 vol.

HENRI DE KOCK.

Les petits Chiens de ces Dames. . . . . 1 vol.

S. LAPOINTE.

Les Contes de Savinien Lapointe. . . . . 1 vol.

CAMILLE BODIN.

Mémoires d'un Confesseur. 1 vol.
Anaïs. . . . . 1 vol.

ANCELOT.

Une Fortune mystérieuse. 1 vol.

CH. LISKENNE.

Lettres à Palmyre sur l'Astronomie. . . . . . . 1 vol.

G. DE LA LANDELLE.

Les Épaulettes d'amiral. . 1 vol.

PAUL FÉVAL.

Le Loup blanc. . . . . . 1 vol.
Fontaine aux Perles. . . . 1 vol.

FRANCIS TOURTE.

Bouquet de Bruyères (chansonnettes). . . . . . . 1 vol.

PAUL DE KOCK.

L'Amant de la Lune. . . 4 vol.

LÉON GOZLAN.

Le Fou couronné. . . . . 1 vol

ANTONY RÉNAL.

La Robe rouge. . . . . . 1 vol.

ALEX. FOURGEAUD.

Le Christ d'ivoire. . . . . 1 vol.

DE BRAGELONNE.

Les Mystères des Prisons. 1 vol.

CHAM.

Albums à 1 fr. le vol.

Ces bons Chinois.
Les Charges parisiennes.
La Géométrie.
Les Faribolles.
Courses et Chasses.
Souvenirs comiques de 1858.
Nouvelles Croquades.
Saison des Eaux.
L'Age d'argent.
La Bourse illustrée.
Bal masqué.
Nouvelles Pochades.

Œuvres de Chateaubriand. . . . . 20 vol.

Le même éditeur s'est rendu acquéreur des Dessins et Articles de l'Ancienne Maison Aubert, et il publie tous les ans une série d'Albums de Salons, de Caricatures et de Livres nouveaux pour Étrennes.

Clichy, Imp. Maurice Loignon et Cie., rue du Bac-d'Asnières, 12.

www.ingramcontent.com/pod-product-compliance
Ingram Content Group UK Ltd.
Pitfield, Milton Keynes, MK11 3LW, UK
UKHW031845260826
14628UKWH00002B/597

9 782012 479708